철혈백작
리카이엔

철혈백작
리카이엔

7

윤지겸 퓨전 판타지 소설

Chapter 1.

준비

휘이이이잉!

살을 에는 차가운 칼바람이 새하얀 눈을 쓸어 올려 가득 끌어안은 채 소용돌이치다 사그라지기를 반복한다.

산봉우리에는 쌓인 후 한 번도 녹은 적이 없는 만년설이 가득 덮여 있고, 그 만년설을 쓸어 올려 휘몰아치는 설풍이 안개라도 된 듯 뿌옇게 산봉우리를 뒤덮고 있다.

쿠쿠쿠쿵!

매서운 바람 소리 사이에 갑자기 솟아오른 이질적인 소음.

쏴아아아!

파도 소리 같은 거센 굉음이 갑자기 울려 퍼지는가 싶더니, 산봉우리의 깎아지른 듯 가파른 비탈의 한 곳이 무너졌다. 정확하게는 비탈에 쌓여 있던 눈이 잘라 내기라도 한 듯 떨어져 나가며 아래를 향해 쏟아지기 시작한 것이다.

콰아아아아!

고막을 찢을 정도로 거대한 굉음과 함께 눈으로 만들어진 거대한 파도가 비탈 아래를 향해 몰아친다.

휘이이이잉.

그리고 언제 그런 일이 있었냐는 듯 능선 위에 다시 설풍이 몰아치기 시작했다. 조금 전에 일어났던 눈사태의 흔적은 눈이 무너지면서 그 속을 드러낸 암벽뿐.

휘몰아치는 설풍이 점점 짙어지는가 싶더니, 어느새 하늘에서 눈이 떨어지기 시작했다. 바람은 떨어지는 눈을 모두 끌어안고 휘몰아치더니 어느 순간 눈보라로 변한다.

그로니스 제국의 북부. 동쪽에서 시작해 서쪽까지 횡으로 길게 이어진 거대한 산맥, 흔히 눈의 장벽이라 불리는 페르그란데 산맥의 능선에서는 흔하게 볼 수 있는 광경이었다.

뿌득, 뿌드득!

거대한 눈사태가 휩쓸고 지나간 비탈에서 갑자기 뭔가 소리가 들리는가 싶더니, 날렵하게 뻗어 있는 눈의 경사 한 곳이 불쑥불쑥 솟아오르기 시작했다.

"푸하아아!"

동시에 인영 하나가 크게 숨을 몰아쉬며 솟아올랐다. 그리고 그것이 마치 신호라도 된 듯 눈밭 곳곳에서 인영들이 하나둘 솟아오르기 시작했다.

그렇게 불쑥 튀어 오른 인영은 모두 서른.

입고 있는 옷에는 한가득 솜을 집어넣어 추위를 막고, 손발과 몸 곳곳을 밧줄로 동여매 솜 때문에 움직임이 둔해지는 것을 방지한 모습. 그리고 눈만 빠끔 드러낸 새하얀 복면.

두꺼운 장갑을 끼고 있는 손에는 새하얀 천으로 창대를 휘감은 철창을 들었고, 등에는 하나같이 거대한 등짐을 매고 있는 모습들이었다.

"이 놈의 눈사태는 아무튼 쉴 틈을 안 준다니까."

복면인들 중 한 명이 불만스러운 목소리로 투덜거리자, 옆에 있던 복면인이 말을 받아 주었다.

"그러게 말이다. 지금까지 살아 있는 게 기적이다."

"방금 전에는 유독 컸지?"

"그랬던 거 같네."

"제대로 객사할 뻔했군."

"그래, 넌 진짜 제대로 객사할 뻔했지. 난 니가 이번에는 반드시 죽을 줄 알았는데 그래도 살아 있는 게 용하다."

눈사태가 일어나기 직전 이들은 모두 두껍게 쌓여 있는 눈을 파고들어 가 그 아래에 몸을 숨긴 채, 눈사태가 지나가길 기다렸던 것이다.

"근데 니가 말하는 거 들어보면, 아무리 봐도 내가 죽길 바라는 거 같다?"

"응? 몰랐냐?"

"뭐, 뭐? 오냐, 넌 눈사태 말고 내 손으로 죽여 주마!"

"오호라, 네놈도 그게 본심이었던 모양이지? 오늘 한 번 사생결단을 내 보자!"

그때 누군가 한 사람이 불쑥 끼어들었다.

"어떻게 된 게 이것들은 눈만 마주치면 싸우고 지랄이지?"

순간, 처음 티격태격하던 두 사람이 도끼눈을 뜨고 끼어든 복면인을 노려보았다. 하지만 끼어든 복면인은 살기등등한 두 사람의 시선에도 아랑곳하지 않고 이죽거리듯 말했다.

"페르온 형님 아니었으면 이미 골로 갔을 것들이, 쯧!"

그리고 마치 기다렸다는 듯 누군가가 세 사람을 향해 다가오고 있었다.

"떠드는 건 나중에 하고 우선은 움직이자."

그는 조심스럽게 주변을 살핀 후, 복면은 벗어 잔뜩 달라붙어 있는 눈을 털어 내기 시작했다. 복면을 벗으며 드러난 얼굴은, 기사단 세 개 조를 이끌고 페르그란데 산맥으로 온 페르온이었다.

페르온이 복면을 벗었다는 말은 주변에 아무도 없다는 의미. 다른 복면인들 역시 하나둘 복면을 벗어 눈을 털어 내기 시작했다.

조금 전 티격태격하던 두 사람은 4조와 5조의 조장인 톰과 잭이었고, 그런 둘에게 이죽거린 이는 3조 조장 겔드론이었다. 다른 이들 역시 프로커스 기사단의 기사들. 리카이엔이 페르그란데 산맥을 조사하라고 보낸 30명의 기사들이었다.

"후우~"

눈 덮인 산비탈을 훑어보던 페르온이 저도 모르게 눈살을 찌푸렸다.

'후우, 이거 정말 답이 없군!'

프로커스 백작령을 출발한 페르온은 두 달여에 걸친 여정 끝에 페르그란데 산맥에 도착할 수 있었다. 제대로 움직였다면 한 달이면 충분한 거리였지만, 혹시 모를 시선들을 피하기 위해 길을 우회했기에 두 배나 되는 시간이 걸린 것이다.

그리고 페르그란데 산책을 뒤지기 시작한 지 거의 한 달째였다. 하지만 아직까지 사람은커녕 짐승들의 흔적조차 발견하지 못하고 있었다. 페르온으로서는 한숨이 절로 나올 수밖에 없는 상황이었다.

그나마 다행스러운 점이라면, 이곳을 조사하는 조사대의 대장이 페르온이라는 사실이었다. 선천적으로 타고난 그 날카로운 감각 덕분에 갑작스러운 사태에 대해 신속하게 반응할 수 있었던 것이다. 방금의 눈사태도 페르온이 미리 이상하다는 것을 눈치채고 움직였기에 한 명의 피해도 없을 수 있었던 것이다.

"페르온 형님, 이제 어디로 갑니까?"

막막한 표정으로 서 있는 페르온을 향해 다가온 잭이 물었다. 하지만 페르온이라고 딱히 답이 있는 것은 아니었다.

잠시 동안 대답을 하지 못하고 있던 페르온이 위쪽을 한 번 살펴보고는 어깨를 으쓱거리며 말했다.

"일단은 정상으로 가 봐……. 음?!"

페르온이 갑자기 흠칫하며 두 눈을 가늘게 좁혔다. 동시에 잭이 황급히 숨을 죽였고, 주변에 있던 기사들 역시 약속이라도 한 듯 동시에 그 자리에 굳은 듯 멈췄다.

페르온이 저런 반응을 보일 때는 그의 무섭도록 예리한 감각이, 자신들이 감지하지 못하는 무언가를 느꼈다는 뜻이었다. 페르그란데 산맥으로 들어와 벌써 수십 번이나 그들의 목숨을 구해 주었기에 이제는 이러한 행동이 거의 반사적으로 이루어지고 있었다.

'이건…….'

가늘게 좁힌 페르온의 두 눈이 한층 더 날카롭게 빛났다. 감각을 돋워 올린 페르온의 감각에 무언가 걸렸다는 뜻.

'음?'

페르온을 주시하던 잭이 저도 모르게 고개를 갸웃거렸다. 페르온의 반응이 갑작스러운 위엄을 감지했을 때와는 확연히 달랐기 때문이다.

페르온이 평소와 다른 반응을 보였다는 말은, 그의 감각에 평소와는 다른 무언가가 들어왔다는 의미였다. 그리고 눈사태 같은 위협이 아닌, 다른 무언가라면 그것이 무엇인지는 분명했다.

살아 있는 무언가. 추운 지방의 산짐승조차 찾아볼 수 없는 이 척박한 곳에서 살아 움직인다면 틀림없는 사람.

그토록 찾아 헤매던 단서.

써클루스라는 조직의 흔적이 발견된 것일지도 모른다는 뜻이다.

잭의 시선이 자연스레 뒤에 있는 톰 그리고 겔드론에게로 향했다. 그리고 두 사람이 묵직하게 고개를 끄덕이며 철창을 그러쥐었다.

파아악!

그와 동시에 눈을 박차는 경쾌한 소리가 울리며 페르온이 경사를 타고 비스듬히 달리기 시작했다.

평소 티격태격하던 톰과 잭, 겔드론이었지만 이 순간만큼은 이견이 생길 수 없다.

"뛰어!"

누가 먼저랄 것도 없이 이구동성으로 외치며 페르온의 뒤를 따라 달리기 시작했다. 그리고 그 뒤로 이어지는 기사들의 날렵한 몸놀림.

콰콰콰콱!

무시무시한 속도로 눈밭을 달리던 페르온이 갑자기 발을 멈춘 곳은 거대한 바위 아래였다. 그리고는 다급한 동작으로 바위 밑동에 그득히 쌓여 있는 눈을 파헤치기 시작했다.

"형님!"

뒤따라온 잭이 페르온을 불렀지만 페르온은 뒤도 돌아보지 않은 채 눈을 파헤치는 일에만 몰두할 뿐이었다.

"뭐하냐!"

조금 늦게 도착한 겔드론이 버럭 소리를 지르고는 페르온 옆에 나란히 쭈그리고 앉아 손을 뻗었다.

"헉!"

하지만 손을 집어넣기가 무섭게 겔드론의 입에서 신음이 터져 나왔다. 앞뒤 안 가리고 밀어 넣은 손에 무언가가 잡힌 탓이다.

"사, 사람이다!"

겔드론이 비명처럼 소리를 질러댔다. 손에 잡힌 것은 분명 사람의 손목이었다.

동시에 눈이 완전히 파헤쳐지고, 그 안에 숨어 있던 '사람'의 모습이 완전히 드러났다.

하지만 페르온은 아직도 손을 멈추지 않고 있었다. 겔드론이 발견한 사람에게는 눈길도 주지 않은 채, 다급히 눈을 파헤칠 뿐이었다.

"대, 대장. 여기 사람이……."

겔드론이 뭐라고 말을 하려고 했지만, 페르온이 급한 목소리로 그의 말을 끊었다.

"죽은 놈이야. 아직 살아 있는 놈이 있어!"

"헙!"

말이 끝나기가 무섭게 겔드론은 물론 기사들이 우르르 달려

들어 눈을 파헤치기 시작했다. 여러 명이 한꺼번에 달려들어 파헤치기 시작하니, 순식간에 깊은 눈구덩이가 만들어졌다. 그리고 그 바닥에서 모습을 드러낸 또 다른 한 명.

갑작스러운 눈사태를 피하지 못하고, 눈 속에 파묻힌 모양이었다.

"아직 살아 있어!"

페르온의 말이 끝나기가 무섭게, 기사 하나가 황급히 사내를 눈구덩이에서 끌어 올렸다.

"흐으으으, 흐윽!"

신음 같은 미약한 숨소리.

황급히 사내를 잡아채던 페르온의 얼굴이 처참하게 일그러졌다. 몸이 얼음장처럼 차갑게 식어 있었던 것이다. 눈사태로 인한 충격에 너무 오랜 시간 눈 속에 파묻혀 있었던 탓이다.

하지만 포기할 수는 없었다. 무려 한 달을 헤맨 끝에 겨우 찾은 단서를 이대로 포기할 수는 없었다.

"이봐! 정신 차려!"

페르온이 그를 흔들며 말을 거는 사이, 기사들이 분주하게 움직이기 시작했다.

긴 시간 동안 척박한 환경에서 구르다 보면 느는 것은 요령이다. 한 달이라는 시간 동안 눈 덮인 산을 헤맨 이들 역시 마찬가지였다.

페르온이 잡고 있는 사내 주위에 순식간에 모닥불이 피어올랐다. 눈에 띄는 족족 장작으로 쓸 만한 나무들을 모으며 다닌 덕분이었다.

두 명의 기사가 달려들어 딱딱하게 얼어붙은 사내의 옷을 잘라 벗기고, 다른 두 명이 자신들의 여벌옷을 꺼내 사내를 덮어 주었다. 페르그란데 산맥에 들어선 초기에 열 명이나 되는 기사들이 얼어 죽을 뻔한 위기를 겪으며 터득한 요령이었다.

타닥타닥, 화르르륵!

마른 장작 타는 소리와 함께 따뜻한 열기가 피어올랐다. 동시에 페르온에게 안겨 있던 사내의 창백하던 얼굴에 온기가 퍼지기 시작했다. 그리고 굳게 닫혀 있던 사내의 눈꺼풀이 움찔거리는 듯하더니, 이내 천천히 눈을 뜨기 시작했다.

"저, 정신이 드나?!"

페르온이 반가운 목소리로 물었다.

"으으으, 으으윽!"

사내의 입에서 아까보다는 확실히 분명해진 소리가 새어 나왔다.

그 모습을 본 페르온과 기사들이 반색을 하며 조용히 환호성을 내질렀다.

드디어 무언가 단서를 얻어 냈기 때문이다. 사내의 얼굴은 누가 봐도 바이론인이라는 것을 알 수 있을 정도로 특징이 분명했기에, 자신들이 찾아 헤매던 써클루스와 연관이 있으리라 생각한 것이다.

하지만 그것도 잠시.

"저, 정신 차려!"

페르온의 다급한 목소리가 메아리치기 시작했다. 잠시 정신을 차렸던 사내의 호흡이 다시 미약하게 죽어 가고 있었기 때문이다. 그렇게 죽어 가는 호흡과 발맞춰 얼굴에는 무거운 죽음의 기운이 돌고 있었다.

"제길!"

페르온의 입에서 거친 외침이 터져 나왔다. 겨우 찾은 단서가 자신의 손안에서 싸늘하게 식어 가는 그 느낌이 그렇게 더러울 수가 없었다.

하지만 페르온의 얼굴에 별다른 고민의 빛은 보이지 않는다. 과거의 그였다면, 이럴 때 어떻게 해야 할지 긴 시간 많은 생각을 했을 것이다. 이대로 조사를 해야 할지, 보고를 한 후 명령을 기다릴 것인지, 시체만 확인하고 돌아갈 것인지. 하지만 지금은 그렇지가 않았다.

죽은 사내를 바닥에 내려놓은 페르온이 몸을 일으키며 기사들을 향해 말했다.

"어쩔 수 없이. 일단 시체부터 조사해라."

망설임 없는 결정. 과거처럼 소심하게 여러 생각을 하며 그 결과를 걱정하지 않는다. 리카이엔과 함께 보낸 시간과 루오 왕국에서의 수많은 전투 그리고 페르그란데 산맥에서 보낸 한 달의 시간이, 결과에 대한 걱정부터 하던 그의 단점을 고쳐 준 것이다.

기사들이 시체와 주변에 있는 것들을 조사하는 사이, 페르온 역시 혹시 놓친 것은 없는지 주변을 살피기 시작했다.

살아 있는 자에게 직접 듣는 것이 가장 좋지만, 그럴 수 없는 상황이라면 시체만으로도 꽤 많은 것을 알 수가 있었다.

그리고 시체를 통해 알 수 있는 것들보다 더욱 중요한 점이 있었다. 죽은 두 사람이 이곳에 자리하고 있었다는 사실 그 자체였다. 써클루스와 연관된 무언가가 이곳 페르그란데 산맥에 분명히 존재한다는 의미이기 때문이다.

이는 페르온 자신과 기사들이 비어 있는 산에서 허탕을 치고 있는 게 아니라는 확실한 증거였다.

페르온이 큰 고민 없이 조사를 강행하는 쪽으로 결정을 내린 것도 그런 이유였다.

"후우!"

크게 숨을 들이마신 페르온이 깊이 호흡을 뱉으며 어깨를 추슬렀다.

§   §   §

깊은 산, 우거진 숲의 한가운데 자리한 거목 아래에 그림자 하나가 기척을 죽인 채 조용히 서 있었다.

무언가 기다리는 것이 있는 듯 연방 하늘에 뜬 해를 쳐다보는 한편 틈틈이 예리한 시선으로 주변을 살피며 잔뜩 경계를 하는 것도 잊지 않았다.

그렇게 얼마나 시간이 흘렀을까.

휘이익, 창!

가벼운 바람 소리가 들리는 순간 거목 아래 서 있던 그림자의 손이 섬전같이 움직이며 소리가 들린 쪽으로 검을 겨누었다.

"누구냐?"

"접니다, 크리츠 조장."

상대의 대답에 크리츠라 불린 사내가 천천히 검을 내려놓았다. 잘 알고 있는 목소리기 때문이다.

"제이슨인가?"

"예!"

대답을 마친 사내가 크리츠 곁에 서는 사이, 또 다른 그림자들이 거목 주변으로 속속 모이기 시작했다. 크리츠를 포함해 모두 아홉 명.

크리츠가 모여든 이들을 훑어 본 후, 불만스러운 목소리 물었다.

"홀벤은 아직인가?"

그 말에 대답한 이는 처음 도착했던 제이슨이었다.

"홀벤을 잘 아시지 않습니까?"

"아무리 꼼꼼해도 이렇게 늦어서야……."

크리츠는 뭔가 마음에 들지 않는 듯 고개를 설레설레 저은 후, 다른 이들을 향해 말했다.

"일단 보고부터 듣도록 하지."

이번에도 먼저 대답한 사람은 제이슨이었다.

"북동부 일대를 뒤졌지만, 흔적은 보이지 않았습니다."

뒤이어 다른 이들이 도착한 순서대로 입을 열었다. 하지만 처음 대답했던 제이슨의 보고와 별반 다르지 않은 내용이었다. 다른 것이 있다면 제이슨과는 다른 방향이라는 정도.

"용병 놈들이 이렇게까지 흔적을 지우며 움직이는 것이 가능한 일인가?"

중얼거리듯 말하는 크리츠의 목소리에는 의구심이 가득했다. 사실은 용병들이 그렇게 움직이는 것이 가능한지 여부를 떠나, 그럴 필요가 있는지부터가 의문이었다.

어차피 돈을 받고 그에 상응하는 무력을 파는 것이 용병들이었다. 그렇기에 특별히 비밀스럽게 움직일 필요가 없었다. 물론, 가끔은 불법적인 일을 하기 위해 은밀하게 움직이는 경우도 있기는 했다. 문제는 그렇게 비밀스러운 행동을 하는 용병대가 한두 개가 아니라는 점이었다.

한 달 전, 브렌 왕국군 정보대에 이상한 첩보가 들어왔었다. 꽤 많은 용병대가 갑자기 사라졌다는 내용이었다. 이상한 내용이었지만, 용병이라면 언제든 실전에 투입될 수 있는 무력들인 만큼 왕국군의 입장에서는 조사를 해 보지 않을 수가 없었다.

그리고 그로 인해 드러난 사실은 대단히 놀라웠다. 곳곳에 있던 많은 용병대가 갑자기 자취를 감춘 것으로 드러났기 때문이다. 브렌 왕국만이 아니었다. 과거에 델로스 왕국과 루오 왕국, 스타넨 왕국의 땅이었던 지역에서도 마찬가지로 일어나고 있는 현상이었다.

그 용병대들은 하나같이 소수 정예로만 이루어진 용병대였다. 거기에 더해 지난 정복전쟁에 참전하지 않은 자들이었다. 돈에 의해 움직이는 용병대가 국가 간의 전쟁이라는 큰 돈벌이를 마다했다는 것은 생각해 볼 문제였다.

브렌 왕실에서 알지 못하는 은밀한 무력 단체들, 그것도 묘한 공통점을 가진 단체들의 이동이라는 것은 정보대를 긴장시키기에는 충분한 일이었다. 이제 막 주변국들을 정복하고 확실하게 체제를 안정시키려는 때에 일어난 일이니 만큼 불온한 세력의 움직임으로 간주하고 조사를 해야 했다.

당연히 집중적으로 파고들 수밖에 없었고, 모든 정보대가 동원되어 그 용병대의 행적을 추적하기 시작했다.

그리고 모인 정보를 종합해 본 결과, 문제의 용병대들은 하나같이 브렌 왕국의 한 지역을 향하고 있다는 것을 알게 되었다.

그리고 그 결과를 토대로, 정보대에서 가장 실력이 뛰어난 크리츠가 자신의 조원들과 함께 문제의 장소로 오게 된 것이었다.

"하아, 젠장!"

크리츠가 사나운 목소리로 외쳤다.

이 산으로 들어온 지 무려 열흘. 스스로는 물론 타인들까지 최고라 자부하는 자신들이 밤잠까지 줄여가며 산 곳곳을 까뒤집고 있는데도 불구하고, 머리카락 하나 보이지 않다니. 그것도 천한 용병들을 상대로 말이다.

그때였다.

"조장!"

갑자기 그림자 하나가 이쪽을 향해 급히 달려왔다. 그 모습을 본 크리츠가 와락 인상을 구기며 외쳤다.

"홀벤, 도대체 뭘 하다 늦은 거냐!"

하지만 홀벤은 크리츠의 노성에도 아랑곳하지 않고 급히 보고를 시작했다.

"남서쪽에서 흔적을 발견했습니다!"

그 말에 방금까지 화를 냈던 것도 잊은 채, 크리츠가 반색을 하며 물었다.

"정말이냐?"

"예, 흔적을 지우기는 했지만 희미하게 남아 있는 것들이 있었습니다!"

"앞장서라!"

말이 끝나기가 무섭게 홀벤이 다시 땅을 박찼다. 그리고 크리츠를 포함한 나머지 아홉 명의 조원들이 그 뒤를 따라 달렸다.

"확실히 흔적이 남아 있군!"

크리츠가 날카로운 시선으로 주변을 훑으며 말했다.

한참을 달려 도착한 곳은 숲속의 작은 공터였다. 그리고 그곳에는 홀벤의 말대로 채 지워지지 못한 흔적들이 아직 남아 있었다.

"조사를 시작해라."

"예!"

크리츠의 명령과 동시에 조원들이 사방으로 흩어졌다. 그리고 크리츠 역시 조심스럽게 발을 내디뎠다.

사람의 움직임은 어떤 식으로든 흔적이 남을 수밖에 없다. 특히 산이나 숲 속을 이동한다면 그 흔적의 종류는 수도 없이 많다.

이동의 흔적만 해도 발에 밟혀 쓰러진 풀, 무른 땅에 남겨진 발자국, 꺾인 나뭇가지 등등이 있다. 그 외에 음식을 먹기 위해 불을 피우면 재가 남고, 불을 피우지 않고 휴대한 음식을 먹는다 해도 그 자리에는 벌레가 꼬인다. 배변을 하지 않을 수 없고, 땀을 흘리지 않을 수 없으며, 숲의 짐승들에게 영향을 주지 않을 수 없다.

당장 떠올릴 수 있는 흔적만 해도 십여 가지.

추적을 전문적으로 하는 이들은 그러한 흔적들을 좀 더 세분화하고 보이지 않는 흔적들을 조사하며 특화된 감각을 지닌 자들이었다.

그렇기에 쫓기는 이들은 흔적을 지우고, 쫓는 이들은 흔적을 찾는다. 이른바 흔적의 싸움이었다.

허리를 잔뜩 숙인 채 땅을 살피던 크리츠가 갑자기 걸음을 멈추며 회심의 미소를 지었다.

"다행히도 어설픈 놈들을 만났군."

풀잎 위에 살짝 쌓인 흙먼지 위에 물방울 자국이 남아 있었다. 풀잎에 흙먼지가 쌓였다는 것은 사람이 지나갔다는 의미다. 그리고 그 위에 찍혀 있는 물방울 자국은 사람의 땀이 떨어진 자국.

주변의 다른 풀잎들에 쌓인 먼지들은 다 털어냈는데 이 풀만 지나친 모양이었다.

"훗!"

크리츠의 입가에 회심의 미소가 떠올랐다.

이번 싸움에서, 크리츠가 쫓는 자들은 지금까지 상대한 그 어떤 놈들보다 노련한 놈들이었다. 그런데 운 좋게도 조금은 어설픈 놈들을 만남 것이었다.

그렇게 한참을 조사한 조원들이 약속이라도 한 듯 크리츠 주위로 모여들기 시작했다.

"대략 스무 명 정도가 이동한 것 같습니다."

"이곳에 앉아 음식을 먹고 갔습니다."

"이동 방향은 계속 남쪽으로 향해 있습니다."

"자리를 뜬 지는 대략 네 시간쯤 됩니다."

"무기를 소지한 놈들입니다. 용병들이라고 보아야 할 것 같습니다."

조원들의 보고를 들은 크리츠가 천천히 고개를 끄덕였다. 자신이 발견한 흔적들도 그러했기 때문이다.

크리츠는 천천히 고개를 들어 하늘의 해를 쳐다보았다. 일몰까지는 아직 세 시간 정도 시간이 있었다.

놈들이 떠난 지는 네 시간 정도가 흘렀지만, 흔적을 지우며 이동하게 되면 속도는 더딜 터. 지금 쫓아 간다면 충분히 추월할 수 있는 시간이었다.

거기까지 생각한 크리츠의 눈이 싸늘한 빛을 머금었다. 그렇게나 자신들을 고생시켰던 놈들의 꼬리를 드디어 잡을 수 있게 된 것이다.

"흔적을 쫓아 이동한다. 2열로 움직인다. 간격은 횡으로 20미터, 종으로 50미터. 신호는 소리로 한다!"

크리츠의 명령과 동시에 조원들 중 두 사람이 먼저 땅을 박차고 달렸다. 방향은 용병들이 사라진 것으로 추정되는 남쪽. 그리고 뒤이어 순차적으로 두 명씩 몸을 날려, 마지막에는 홀벤과 크리츠가 움직였다.

일정 범위를 한 번에 훑으며 추적을 하는 방법이었다.

크리츠가 말한 대로 움직일 경우, 횡으로 20미터 간격으로 선 한 쌍의 조원들이 앞뒤로 50미터씩 거리를 두고 서게 된다. 조원은 모두 열 명이니 그들이 서 있는 지점을 크게 선으로 이을 경우 폭 20미터에 길이가 200미터인 네모난 공간이 만들어지는 것이다. 이 열 명의 조원들이 각자 자신의 위치를 중심으로 조사를 하게 되면, 그 네모난 공간을 한 번에 조사하게 되는 것이다.

그렇게 만들어진 공간 속에서 한 명이라도 흔적을 발견하면 신호를 보내고, 그곳에 모여 다시 방향을 가늠해 이동하고, 다시 똑같은 방식으로 추적한다. 혹시 두 명 이상이 동시에 흔적을 발견할 경우 서로의 흔적을 대조해 결과의 신뢰성을 높일 수 있다.

정교하게 살피면서도 빠르게 이동할 수 있는 추적법이었다. 혹시나 도망치는 이들이 방향을 두세 갈래로 나누어 교란을 시도해도, 넓은 범위를 한 번에 조사하기 때문에 걸려들 위험도 적었다.

단, 조에 포함된 개개인의 실력이 모두 뛰어날 경우에만 사용할 수 있는 방법이었는데, 크리츠와 그의 조원들이 그러한 경우였다.

삐리리릭!

숲속에 쉴 새 없이 신호가 울리고, 추적대는 빠르게 달리기 시작했다.

순식간에 4킬로미터를 달리며 추적한 결과, 놈들은 정남 방향을 향해 똑바로 이동하고 있었다.

"흠, 남쪽으로 계속 움직인다면 벨본 남작령인가? 벨본 남작령에서의 특이 사항은?"

조원들 중 가장 선임자인 제이슨이 고개를 저었다.

"과거 주변 영지들에 공격적이고 적대적인 태도를 취한 적은 있습니다만, 지난 정복전쟁을 기점으로 조용합니다. 이번 용병대 사건에 관해서도 별다른 내용이 없습니다."

"벨본 남작…… 호전적이고 다혈질인 듯 보여도 꽤나 음침한 자였을 텐데?"

"정보내 내부 평가로는 그렇습니다. 하지만 이번 건과는 관련이 없다고 보여집니다. 실제로 용병대들이 모이는 곳 근처라 몇 번이나 조사를 했는데도 특별히 눈에 띄는 것이 없었다고 합니다."

"하긴, 그 음침한 자가 이렇게 버젓이 대놓고 티 나게 일을 벌이지는 않았겠지."

"중간에 다른 곳으로 이동했다고 봐야 할 것 같습니다."

크리츠 역시 같은 생각을 했는지 고개를 끄덕였다.

"이 산은 중간 기착지 정도로 보는 게 맞겠지?"

"그런 듯합니다."

그때, 지금까지 혼자서 고개를 갸웃거리며 주변을 서성이던 홀벤이 불쑥 끼어들었다.

"조장, 아무래도 이상합니다."

"응?"

"아까부터 느낀 건데······. 흔적이 묘하게 노골적인 느낌입니다."

일을 처리하는 속도는 조금 느리지만, 그만큼 세밀하게 조사를 하는 홀벤이었다. 그 신중한 성격상, 나름의 확신이 없으면 입에 담지 않는 홀벤이 이렇게 말을 한다면 충분히 재고할 만한 가치가 있었다.

"자세하게 말해 봐라."

"우선은 정황입니다. 이번 용병대 사건에 관련된 놈들은 하나같이 무섭도록 신중한 놈들이라 흔적을 남긴 적이 없습니다. 그런데 유독 이놈들만 흔적을 남기고 있지요."

"어설픈 놈들이 한둘은 있게 마련이지 않느냐? 그리고 노골적이라는 말을 했던 거 같은데?"

"예, 발견했던 흔적들의 간격이 일정합니다."

"음?"

크리츠가 이해할 수 없다는 얼굴로 고개를 갸웃거렸다. 그들이 찾은 흔적들 간의 거리는 무작위적이었던 걸로 기억하고 있기 때문이었다.

"흔적과 다음 흔적, 그리고 그 다음 흔적 사이의 거리는 일정하지 않습니다. 하지만 우리가 쫓아온 4킬로미터의 거리 전체를 살펴보면, 그 속에 일정한 나름의 패턴이 보입니다."

좁은 공간에서는 패턴이 없지만, 넓은 공간으로 옮겨 보면 패턴이 보인다는 말이었다.

주사위를 굴렸을 때, 열 번을 굴리면 각 눈이 나오는 확률이 1/6이 되지 않지만 천 번 정도를 굴렸을 때는 거의 1/6의 확률로 각각의 눈이 나오는 것과 비슷한 경우다.

"일정한 간격이라……."

"예, 전체를 보면 일정한 간격이 보입니다. 그리고 우리가 찾은 흔적들 중 그 종류가 겹치는 것도 없었습니다."

"의도되지 않았다면, 모든 흔적의 종류가 다를 수는 없다는 말이구나."

"그렇습니다."

확실히 신중하게 고민해 보아야 할 만한 사항들이었다. 홀벤의 말은 충분히 가능성이 있는 일이지만, 확신을 할 수는 없기 때문이다.

그렇다고 인원을 반으로 나누는 것도 좋은 방법이 아니었다. 전력이 분산되는 것은 위험할 뿐더러, 추적의 효율까지 떨어뜨리기 때문이었다. 나누더라도 좀 더 의심이 가는 쪽에 대부분을 투입하고, 미끼인 듯한 쪽에 소수만 보내야 했다.

하지만 어느 쪽이 진짜인지 판단하기란 쉽지가 않았다. 남겨진 흔적들이 미끼인 척하고 있지만, 사실은 그렇게 허를 찌르려는 수작일 수도 있었다.

이럴 경우에는 오직 감에 의지할 수밖에 없었다.

한참을 고민하던 크리츠가 입을 열었다.

"제이슨은 이대로 흔적을 추적해라. 나머지는 다시 아까의 장소로 돌아간다."

"예!"

크리츠의 감은 남겨진 흔적이 미끼라는 쪽이었다. 달려나갈 준비를 하는 제이슨을 향해 크리츠가 말을 덧붙였다.

"어차피 교란을 위한 미끼라면, 세세하게 살펴볼 필요는 없을 것이다. 눈에 보이는 흔적들을 훑어 내듯 쫓아라. 시간은 내일 아침 동이 틀 때까지. 그때까지 처음 흔적을 발견한 장소로 돌아와서 남겨 놓은 표식을 보고 따라와라. 혹시 네가 찾는 쪽이 진짜라 해도 무조건 그 시간까지는 아까의 그곳으로 돌아와 보고를 해라."

"예, 알겠습니다!"

대답과 동시에 제이슨이 남쪽으로 몸을 날렸다. 그리고 크리츠와 나머지 조원들이 왔던 길을 되돌아 달리기 시작했다.

열 명의 정보대원들이 서 있던 자리에 순식간에 적막이 찾아왔다. 하지만 그것도 잠시, 갑자기 높은 나무 위에서 대여섯 개의 인영이 툭 하고 떨어져 내렸다.

"후후, 그 정도도 해 주지 못하면 브렌 왕국 정보대 이름이 울겠지."

크리츠와 그의 조원들이 사라진 방향을 보며 이죽거리듯 말하는 이는, 조엘의 아트룸 길드 서열 2위 듀테른이었다.

"1단계는 순조롭게 마무리가 되었다. 안톤에게 전서구를 날려."

듀테른의 말에 뒤에 있던 길드원 하나가 급히 자리를 떠나 어디론가 사라졌다. 그리고 잠시 후, 꽤 떨어진 곳에서 푸드득 하는 소리와 함께 한 마리 비둘기가 북쪽을 향해 날갯짓을 하며 날아갔다.

듀테른이 날아가는 전서구를 쳐다보며 중얼거렸다.

"자, 다음은 맡기겠소, 안톤."

§   §   §

프로커스 백작령 내성벽 바깥쪽의 풍경은 언제나 비슷했다. 무거운 갑옷에 돌덩이를 메고 걷고 있는, 정확하게는 뛰는 자세로 걷고 있는 기사 후보생들. 곳곳에 벽을 붙잡고 속에 든 것을 게워내는 이들과 자신의 토사물을 씻고 있는 이들. 걷다 지쳐 쓰러져 있는 자들.

처음에는 기사들의 그러한 모습들이 신기했던 탓에 많은 영지민들이 구경을 하러 돌려들었었지만, 지금은 완전히 일상이 되어 버린 탓에 특별히 시선을 주는 이가 없다. 가끔 입을 헤벌리고 그런 모습을 멍하니 보고 있는 이들이 있기는 했지만, 그들은 프로커스 백작령의 주민들이 아닌 뜨내기들이었다.

"후욱, 후욱!"

그렇게 용을 쓰고 있는 기사 후보생들 사이에 결의가 가득한 얼굴로 꿋꿋하게 걸음을 내딛는 이가 있었다. 얼굴에는 땀이 가득하고, 이미 무릎이 후들거리고 있었음에도 불구하고 절대 쉬지 않겠다는 의지로 가득한 얼굴.

폴덴바인 백작가의 후계자이자, 프로커스 백작령의 일개 병사였던 루딜 폴덴바인이었다. 그리고 루딜의 뒤쪽에서는 아주 소란스러운 소리가 들려왔다.

"망할! 내가 미쳤지, 미쳤어!"

"젠장, 이제라도 알았으니 다행이네."

"난 처음부터 형님이 제정신이 아니라고 생각했다니까!"

"그렇게 따지면 루딜 저 자식이 제일 미친 거지."

"시끄러, 이놈들아. 그냥 돌기나 해."

헐리를 포함한, 루딜이 속해 있던 소대의 같은 조 병사들이었다. 루딜이 기사가 되기 위해 기를 쓰고 체력을 기르는 것을 본 헐리가 괜히 자극을 받아 훈련을 하고, 그에 따라 다른 조원들 역시 산을 뛰어다니다 보니 함께 기사 후보생이 된 것이다.

그리고 어디서 그런 힘이 나는지, 금방이라도 숨이 넘어갈 듯 헉헉거리면서도 끊임없이 구시렁거렸다.

"헉헉! 내 인생에 가장 큰 실수를 꼽으라면, 이건 반드시 들어갈 거다."

그때 조금 앞서 가고 있던 루딜이 세차게 고개를 돌리며 버럭 소리를 질렀다.

"아, 그러게 누가 같이하재요? 자기들이 좋다고 따라왔으면서 왜 나한테 그래요?!"

"어허, 저놈 보게? 누가 너한테 뭐라고 했냐?"

내가 언제 그랬냐는 듯 억울해 죽겠다는 얼굴로 말하는 헐리의 장난스러운 반응에 루딜은 애써 끓어오르는 속을 내리눌러야 했다.

"쳇!"

단단히 삐친 표정으로 고개를 홱 돌린 루딜이 후들거리는 다리에 잔뜩 힘을 불어넣었다. 지금 저 끊임없는 구시렁거림에서 벗어날 수 있는 방법은 보다 빠르게 움직여서 멀리 떼어내는 것밖에 없기 때문이다.

"어어, 저놈!"

"인마, 어딜 도망가?!"

하지만 루딜은 이미 죽을 힘을 다해 조원들과의 거리를 벌린 후였다. 그리고 조원들에게는 구시렁거릴 힘은 남아 있었지만, 도망치는 루딜을 따라 잡을 힘은 남아 있지 않았다.

"후우, 이제 좀 조용… 음?!"

안도의 한숨을 내쉬던 루딜이 갑자기 흠칫한 표정으로 앞을 살폈다. 조금 앞쪽에 아주 낯익은 뒷모습이 보였기 때문이다.

황급히 주위를 살펴 다른 사람이 없다는 것을 확인한 루딜은 마지막 남은 힘을 쥐어짜 앞에 있는 이의 곁을 향해 달려갔다.

"세이나!"

루딜을 프로커스 백작령까지 오게 하고, 병사가 되어 전쟁에까지 참여하게 만든 장본인. 세이나 프로커스였던 것이다. 다른 때는 뒤에 따라붙어 구시렁대는 조원들 때문에 말도 못 걸고 그냥 지나치기만 했는데, 지금 드디어 말을 걸 수 있는 기회가 생긴 것이었다.

하지만 애타는 루딜의 마음을 아는지 모르는지 세이나는 시선도 주지 않은 채 열심히 걸음을 옮길 뿐이었다.

'쳇, 오라버니는 툭하면 이런 거나 시키고!'

요즘 들어 리카이엔이 자신에게 이 벌을 내리는 일이 잦아졌기에 그 불만이 꽤나 쌓여 있었던 것이다. 그리고 그것은 세이나만 느끼는 것이 아니라, 주변의 다른 이들 역시 비슷하게 생각하는 부분이었다.

하지만 세이나는 감히 리카이엔에게 반항하지 못했고, 다른 이들 역시 영주의 결정에 이러니저러니 말을 할 수 없기에 결국 이렇게 성벽 돌기를 할 수밖에 없었다.

그런 이유로 잔뜩 심통이 나 있으니 옆에서 누가 자신을 불러도 귀에 들어올 리가 없다.

'예전에는 이러지 않았었는데……'

2, 3년 전만 해도 자신에게 벌을 준다는 건 상상도 못했다.

석 달 전까지만 해도 벌을 주기는 하되 분명히 잘못을 했을 때만 벌을 주었다. 가끔 엄하기는 했어도 여전히 자상한 오빠였다.

그런데 그랬던 오빠가 갑자기 바뀐 것이 석 달 전부터였다. 작은 실수도 그냥 넘어가는 법이 없었고, 머리가 있으면 생각이라는 걸 해 보라는 둥 심한 이야기도 입에 달고 살았다.

하루아침에 완전히 다른 사람이 된 것 같았다. 아카데미에서 돌아왔을 때 분위기가 변한 것과는 또 다른 느낌.

'그것도 꼭 나한테만!'

정말 억울한 건 유독 자신에게만 혹독하게 대한다는 점이다. 아버지나 어머니, 집사는 모르겠다고 말하는데, 당연히 그럴 수밖에 없는 것이 다른 사람들에게는 똑같이 대하고 있기 때문이다.

'치잇, 미워 죽겠어!'

눈물이 찔끔 날 정도로 억울했다. 오늘만 해도 그럴 것이, 특별히 잘못한 것도 없었다. 그저 창술 훈련을 하는데 창을 안 가지고 간 것뿐이었다. 그런데 훈련을 받을 자세가 안 되어 있다느니 하면서 이 꼴이 된 것이다. 솔직히 창술 훈련을 받으러 가는 이유는 창을 더 잘 다루기 위해서가 아니었다. 그저 오빠를 보고 싶어서 그런 거였다. 그런데도 이런 벌을 내리니 억울할 수밖에.

"흥, 어디 두고 보라지!"

두고 보자는 사람치고 무서운 사람 없다는 걸 아주 잘 알고 있었음에도 불구하고, 지금 할 수 있는 말은 그것밖에 없었다. 그리고 막상 그렇게 생각을 하니 왠지 모르게 스스로가 불쌍하고 서글퍼졌다.

"에휴우~ 내가 어쩌다가⋯⋯. 이래 봬도 아카데미 있을 때는 나 한 번 만나자고 줄을 섰는데⋯⋯."

그때였다.

"에휴우우~"

갑자기 옆에서 누군가의 한숨 소리가 들려왔다.

"응?"

깜짝 놀라 고개를 돌려보니, 방금 말한 아카데미에서 줄 선 놈들 중 하나인 루딜이 있는 것이 아닌가.

"악, 니가 여기 왜 있어?"

"응? 난 기사 훈련받느라⋯⋯."

"그, 그래? 오늘부터 뛰는 걸 보니 어제 뽑힌 모양이네?"

"한 달 됐는데?"

"응? 지, 진짜?"

세이나가 뜨악한 표정으로 외쳤다. 한 달이라니. 그 한 달 동안 자신도 보름 넘게 여기에 있지 않았던가. 그런데도 까맣게 몰랐다니.

하지만 어떻게 보면 당연한 일이었다. 루딜은 다른 조원들과 함께 있기에 세이나에게 아는 척을 할 수가 없었고, 세이나는 성벽을 돌 때마다 분해서 눈에 들어오는 것이 없었기 때문이다.

그래도 한때 아카데미에서 자신이 좋다며 그렇게나 쫓아다녔던 친구인데, 한 번도 알아보지 못했다고 생각하니 괜히 미안한 마음이 들었다.

"미안."

"응? 아니야. 그런데 꽤 자주 보이는 것 같던데? 훈련하는 거야?"

"그럴 리가!"

"그, 그러면?"

"이게 다 매일매일 그날 같은 못된 오빠 때문이지!"

전혀 예상하지 못한 세이나의 말에 루딜은 깜짝 놀랄 수밖에 없었다. 그가 알기로 세이나는, 리카이엔이라면 온몸에 똥칠을 하고 있어도 향기가 난다고 말할 사람이기 때문이다.

그런 세이나의 입에서 못된 오빠라는 말이 나오다니. 그리고 이해할 수 없는 말은 또 있었다.

"그, 그런데…… '그날'이 뭐야?"

"헙! 그, 그런 게 있어! 뭐, 아무튼 그건 그거고. 너는 왜 집에 가면 편하게 놀고먹을 수 있는 애가 사서 고생이야?"

그 말에 루딜이 저도 모르게 피식 미소를 지어 보였다. 그리고는 어깨를 으쓱거리며 말했다.

"글쎄? 처음에는 너… 아, 아니. 뭐, 그냥 많은 공부가 된다

고나 할까?'

말을 하는 루딜의 얼굴에 묘한 표정이 떠올랐다.

'내가 왜 이러지?'

처음 이곳 프로커스 백작령에 왔을 때였다면 당당하게 세이너 너 때문이라고 말했을 것이다. 그런데 무슨 이유에서인지 그 말이 입에서 떨어지지가 않았다. 루딜 스스로도 왜 그런지 이유를 알 수가 없었다.

새삼스레 부끄러워진 탓일까? 혹은 지금 자신의 모습이 어딘가 초라하다고 느껴져서? 그것도 아니라면, 세이나에 대한 애정이 사그라진 것일까? 루딜의 머릿속에 여러 가지 생각이 떠올랐다. 하지만 이내 고개를 저었다.

이제 와서 세이나 앞에서 부끄러울 것도 없었고, 지금 자신의 모습이 초라하다고 생각해 본 적도 없으며, 세이나를 향한 사랑은 더욱더 불타오르고 있었기 때문이다.

그렇다면 왜?

갑작스레 찾아온 기묘하기 짝이 없는 의문에 루딜의 얼굴에는 복잡한 표정이 떠올랐다.

'아차, 이럴 때가 아닌데!'

그러다 문득, 지금 세이나와 이야기를 하고 있었다는 생각에 퍼뜩 정신을 차렸다.

'아, 그냥 세이나 때문이라고 말할걸! 섭섭해하는 건 아니겠지? 그러면 큰일인데……'

하지만 세이나의 머릿속에 그런 생각은 조금도 없었다. 그와는 너무도 동떨어진 생각, 아니, 충격이 지금 세이나의 머릿속을 복잡하게 만들고 있었다.

'내, 내가 왜 이러지?'

조금 전, 피식 웃어 브이던 루딜의 미소가 쉴 새 없이 머릿속에 떠올라 맴돌고 있었던 것이다.

'미친 거야. 미친 게 분명해. 그렇지 않고서야 루딜이……'

아주 순간적이었지만, 루딜의 그 미소가 그렇게 멋있어 보일 수가 없었다. 얼굴은 물론, 온몸에 땀으로 범벅이 된 상태로 지어 보이던 그 미소가 왜 이렇게 얼굴을 달아오르게 만드는 걸까? 도대체 이 어색한 기분은 뭐지?

두 사람이 이야기를 하는데, 한 사람은 말도 안 되는 괜한 자책감에 입을 떼지 못하고, 다른 한 사람은 갑작스레 찾아온 어색하기 짝이 없는 느낌에 멍해졌다. 찾아오는 것은 당연히 정적이었다.

저벅, 저벅.

서로의 발소리가 서르의 귓가에 쿵쿵 크게 울린다.

"저것들 왜 저러지?"

내성 성문 앞, 팔짱을 낀 채 서 있던 리카이엔이 고개를 갸웃거리며 중얼거렸다. 저 멀리 다가오는 두 사람의 분위기가 이상했기 때문이다.

루딜은 힘들어서 흘리는 땀이 아니라 곤혹스러움으로 인한 진땀으로 얼굴이 뒤덮여 있고, 세이나는 당혹스러운 표정으로 붉게 달아 오른 두 볼을 숨기고 싶어 고개를 푹 숙인 채다. 그리고 멀리서 봐도 한눈에 보이는 어색하기 짝이 없는 분위기.

눈을 가늘게 좁힌 채 유심히 두 사람을 살피던 리카이엔이 저도 모르게 피식 웃어 버렸다. 한눈에 봐도 세이나의 분위기가 심상치 않다는 걸 알 수 있었기 때문이다.

잠시 뭔가를 고민하던 리카이엔이 팔짱을 낀 채 조용히 내성 안으로 걸음을 옮겼다. 원래는 세이나와 이야기할 것이 있어 나온 길이었는데 아무래도 나중으로 미루는 것이 좋을 것 같았던 것이다.

사실 세이나가 느끼는, 리카이엔이 요즘 그녀에게만 유독 모질게 군다는 건 사실이었다. 사실은 작정을 하고 그녀를 교육시키고 있는 것이다.

언제가 될지는 모르지만, 지금 리카이엔은 써클루스와 커다란 전쟁을 준비하고 있었다. 아직 제대로 실체를 확인하지도 못했지만, 전 대륙의 정세를 한 손에 쥐고 있는 것이 써클루스의 힘. 그런 이들과 싸우기 위해서는 가지고 있는 모든 힘을 쏟아부어야 했다.

그때 문제가 되는 것이 가족들이었다. 일단 전쟁이 시작되면 영지라고 해서 안전하다고 장담할 수 없는 상황이 될 테니, 부모님의 안전을 지켜줄 사람은 세이나밖에 없다. 그렇기에 세이나가 매사에 깊은 생각을 하는 버릇을 들이도록 일부러 혹독하게 다루는 것이다.

하지만 아무리 그래도 지금은 끼어들어서는 안 될 분위기였다. 리카이엔은 이런 분위기에 끼어드는 눈치 없는 오빠는 절대 아니었다.

"백작님!"

안쪽을 향해 느긋하게 걸음을 옮기고 있는데, 뒤에서 누군가 큰소리로 불렀다. 뒤를 돌아보니 내성의 집사 메넨이 뛰어오고 있었다.

"편지가 왔습니다!"

달려온 메넨이 리카이엔을 향해 불쑥 내민 것은 화사한 분홍색의 봉투였다.

"무슨 편지요?"

"그게 그론스트 백작님께서 보낸 편지입니다."

"음?"

리카이엔이 저도 모르게 눈살을 찌푸렸다.

"이게 미쳤나……?"

갑자기 이게 무슨 장난질이란 말인가?

찌이익!

리카이엔이 시큰둥한 표정으로 봉투의 입구를 찢었다. 그리고 안에 든 편지를 꺼내자마자 또 한 번 눈살을 찌푸렸다.

"이게 진짜……."

편지지 역시 화사한 분홍색이었던 것이다.

하지만 곱게 접힌 편지지를 펼쳐 읽는 순간, 리카이엔이 저도 모르게 또 한 번 흠칫 굳었다.

그런 리카이엔의 모습에 가만히 서서 기다리고 있던 메넨이 조심스레 물었다.

"무슨 내용인지요?"

리카이엔이 묘하게 기분 나쁜 미소를 지으며 말했다.

"결혼한다는군."

Chapter 2.

싹트는 사랑

"으음...... 이거 뭔가 이상하죠?"

잔뜩 찌푸려진 표정으로 인해 라울의 미간에는 깊은 골이 파여 있었다. 율리아 역시 비슷한 표정을 짓고 있다가, 라울의 말에 그보다 더 공감할 수 있는 이야기는 없을 거라는 듯 크게 고개를 끄덕였다.

"이게 안 이상하면, 세상에 '말도 안 되는 상황'이라는 건 있을 수 없지."

"그러게 말이에요."

"흐음, 이거 어떻게 해야 되나?"

"그걸 알면 내가 이러고 앉아 있겠어요?"

"후우우~"

율리아가 바닥에 털썩 주저앉은 채 긴 한숨을 내쉬었다. 그리고는 옆에 있는 집을 멍하니 바라보았다.

언제 사람의 손길이 닿았는지도 알 수 없을 정도로 낡은 문, 칠이 벗겨진 벽과 경첩이 떨어져 덜렁거리는 창문. 반쯤 열린 문 안에서 밖으로 풍겨 나오는 퀴퀴한 먼지 냄새와 바람에 흐느적거리는 떨어져나간 거미줄.

아무리 좋게 보아도 사람이 살지 않는 폐가.

바로 이 폐가가 라울과 율리아, 그리고 율리아가 이끄는 2조 기사들을 허탈하게 만들고 있었다.

리카이엔이 라울과 율리아의 2조에 지시한 일은 간세였던 게인의 과거 행적을 조사하는 것이다.

하지만 무려 3개월이라는 시간을 투자해 얻은 것이 바로 문제의 폐가였다.

사실 그들은 이 폐가에 한 번 다녀간 적이 있었다. 이 폐가가 조사의 시작점이기 때문이다. 아카데미의 서류에 적혀 있는 게인의 집이었던 것이다.

처음 이 폐가를 접했을 때 만해도 라울과 율리아는 그리 놀라지 않았다. 적어도 첩자로 살았다면, 주소 정도야 얼마든지 거짓으로 기재할 수 있기 때문이다. 아니, 오히려 그렇기 때문에 추적을 하다 보면 분명 무언가를 얻을 수 있을 거라는 희망적인 생각까지 했다.

그래서 폐가 다음 찾아간 곳이, 브렌 왕국 남서부의 세이벤 자작령이었다. 그리고 그곳에서 게인이 살던 흔적을 찾을 수 있었다. 그를 기억하는 사람들을 만났기 때문이다.

그렇게 알아낸 사실은, 게인이 다른 곳에 살다가 부모와 함께 세이벤 자작령으로 이주해 왔다는 내용이었다.

문제는 그때부터 시작되었다.

게인이 세이벤 자작령으로 이주해 오기 전, 살았다는 브렌 왕국 북부의 헤인즈 남작령으로 가 봤더니 이번에도 다른 곳에서 이주해 왔다는 것이다.

그렇게 거꾸로 과거를 파고들면서 라울과 율리아가 거쳐 온 지역만 해도 무려 여섯 곳.

그리고 마지막으로 도달한 곳이 압권이었다. 바로 그들의 뒤에 있는 문제의 폐가였기 때문이다. 라울과 율리아는 아무런 소득도 없이 브렌 왕국의 절반이나 되는 지역을 한 바퀴 돈 셈이다.

게다가 이곳에서는 게인과 관련된 흔적이 아무것도 남아 있지가 않았다. 이 동네에서 30년을 살았다는 토박이조차 게인에 대해서는 기억을 하지 못했다. 게인 본인은 아니라도 그 부모에 대한 기억이라도 남아 있어야 하는데 그렇지가 못한 것이다.

애초에 존재하지 않았던 사람처럼.

"이게 가능한 일인가?"

율리아가 턱을 괸 채 멍한 눈으로 중얼거렸다. 그녀의 상식으로는 있을 수 없는 일이기 때문이다. 하지만 라울은 의외로 회복이 빨랐다.

"지금 우리 눈앞에서 펼쳐진 일이니 불가능한 일은 아니죠."

"뭐?"

"그러니까 이런 식으로 한 인간의 과거를 조작한다는 것이 불가능한 일은 아니라는 말이에요. 실제로 우리가 거기에 홀려서 여기까지 왔으니까."

"그럼 이제 어떡할 건데?"

"되짚어 봐야죠. 게인의 과거에서 뭔가 모순된 점은 없는지, 놓친 것은 없는지."

굳은 표정으로 말하는 라울의 모습에 율리아가 묘한 미소를 지으며 말했다.

"호오~ 너 많이 변했다?"

뜬금없이 튀어나온 말에 라울이 시큰둥한 표정으로 되물었다.

"뭔 소리래요?"

"예전의 너였으면, 말도 안 되는 상황이라고 넋 놓고 있었을 것 같아서 말이야."

라울이 시큰둥한 표정을 지우고 머쓱한 얼굴로 뒤통수를 긁었다.

"정신 안 차리면 또 실수할 테니까요."

그 말에 율리아가 갑자기 벌떡 일어나 라울의 머리를 쓰다듬으며 말했다.

"여어~ 우리 라울, 이제 남자가 다 됐네?"

"그럼 내가 여자예요?"

"그건 아니고……. 뭐, 그냥 어린애였지."

"쳇!"

"키킥, 자자 그만 삐치고 어서 말해 봐. 우리가 어떻게 해야 되냐?"

율리아가 얼른 화제를 돌리자, 라울도 못이기는 척 어깨를 으쓱거리며 말했다.

"우선, 한 가지는 확실해요."

"무슨 한 가지?"

"여기까지 오면서 사람들에게 들었던 내용은 분명한 사실이에요. 누군가 뒷조사를 할 거라고 생각을 한다 해도, 그렇게까지 많은 사람들을 심어 놓지는 못했을 테니까."

"그렇겠지."

"그럼 생각해 볼 수 있는 가능성은 두 가지예요."

율리아가 궁금한 표정으로 물었다.

"두 가지?"

"오래됐거나, 아니거나."

"뭐?"

이해할 수 없는 라울의 말에 율리아가 괴상한 표정으로 되물었다.

"상식적으로 그렇게 많은 영지를 이주해 다니는 사람이 있을까요?"

"없지."

"그렇죠. 영지를 떠나 다른 영지로 간다는 게 쉬운 일도 아닌데 무려 여섯 곳을 전전했어요. 말이 안 되죠."

"그러네. 하지만 그건 분명한 사실이라며."

율리아가 고개를 갸웃거렸다. 이야기가 왠지 앞뒤가 맞지 않았기 때문이다.

"맞아요. 분명히 그 사람들이 말한 건 사실이에요."

"그러면?"

"그렇게 많은 지역을 전전할 수 있었다는 건, 누군가 큰 힘을 가진 이가 뒤에 있지 않으면 힘들어요."

"아! 오래됐다는 말이?"

"네, 아주 오래전부터 게인은 그 편지를 보낸 인물의 첩자 노릇을 했을 거라는 말이죠. 그러니까 그렇게 많은 지역을 이주하며 사는 것이 가능했을 거라는 말이에요."

"으음, 그렇군. 아주 오래전부터……. 엥? 게인은 겨우 스무 살 정도잖아. 그럼 갓난아기 때부터 첩자를 했다고?"

"아니요. 그때는 아마 그의 부모가 첩자가 아니었을까 싶어요."

"으음……. 그럴 수도 있겠네. 그럼 아니라는 건 뭐냐?"

라울이 곧장 대답했다.

"여섯 개의 영지를 전전했던 게인이 진짜 게인이 아닐 수도 있다는 거죠."

"지나오면서 만났던 사람들의 기억은 사실이라며?"

"물론 그 사람들의 말은 진짜예요. 하지만 그 사람들이 본 게인과 우리가 아는 게인이 동일 인물이 아닐 수도 있잖아요. 마침 그런 과거를 가진 사람이 있어서 이름만 빌렸다거나 하는……."

"아까는 그렇게 여러 영지를 전전하는 게 힘들다더니?"

"힘들기는 하지만 아예 불가능한 일은 아니잖아요. 그리고 어쩌면 여섯 영지에서 살았던 게인이라는 인물은 모두 다른 사람일 수도 있어요. 어차피 사람의 기억이라는 건 희미해지는 거고, 뭔가 비슷한 것 같으면 고개를 끄덕일 수도 있으니까 말이죠."

"그것도 그러네……."

율리아는 팔짱을 낀 차 고개를 끄덕이면서도 표정은 오히려 찌푸려지고 있었다. 뭔가 이야기는 진행되는데, 게인을 조사하기가 점점 더 힘들어지고 있다는 느낌 때문이었다.

"그럼 우리는 어떻게 하나?"

"지금 두 가지를 모두 조사할 수는 없어요. 둘 중 가능성이 큰 쪽으로 알아보는 수밖에 없어요."

"그러다 허탕치면?"

"쩝, 뭐 팔자려니 하고 처음부터 다시 조사해야죠."

"에엑!"

율리아아가 질린 얼굴로 소리를 질렀다. 그러거나 말거나 라울은 자신의 이야기를 이어 갔다.

"율리아가 보기에 어느 쪽인 거 같아요?"

"글쎄……. 아무래도 첫 번째 아닐까? 하필이면 그런 사람이 있어서 이름을 빌렸다는 건 아무리 봐도 말이 안 되는 거 같은데?"

"아무래도 그렇죠?"

"하아~ 그런데 그럼 뭐해? 방법이 없는데."

"방법은 있어요."

라울의 말에 율리아가 반색을 하며 외쳤다.

"뭐? 정말?"

"예, 방법은 있어요. 문제는 쉽지가 않다는 거지."

"으히히히, 그래도 방법이라도 있다는 게 어디야? 그래 무슨 방법인데?"

"게인이 아니라 그의 부모를 조사하는 거죠."

"웅? 무슨 수로?"

율리아가 고개를 갸웃거렸다. 게인에 대한 것도 조사하기 힘든 판국에 부모를 조사하다니?

"정확하게는 사실을 수집하는 거예요."

"사실? 수집?"

"그의 부모 역시 누군가의 첩자가 맞다면 그들이 그렇게 이주를 하고 다닌 이유가 있겠죠?"

그제야 라울의 의도를 파악한 율리아가 크게 손뼉을 치며 말했다.

"아하, 그러네. 어딘가로 갔다면 간 이유가 있을 것이고, 옮겼으면 옮긴 이유가 있을 거고. 그런데 첩자라면 분명 해당 영지의 어떠한 사건과 관련이 있을 테니, 갔을 때와 떠났을 때 해당 지역에 어떤 일이 있었는지를 조사하면 윤곽이 잡힐 수도 있다는 말이지?"

"그렇죠."

율리아가 갑자기 힘이 솟구치는 듯 벌떡 일어나 외쳤다.

"좋아, 뭐라도 좋으니까 일단 시도라도 할 수 있으면 다행인 거지. 자, 가자! 어디부터 가야 되냐?"

라울이 앞장서며 말했다.

"왕립 아카데미 도서관이요."

"응? 거긴 왜?"

"각 지역의 주백작들은 한 달 간격으로 해당 주에서의 일들을 보고서로 올려요. 그리고 그 보고서는 정리되어서 왕실 서고에 보관되죠."

"그런데 왜 왕립 아카데미로?"

"왕실 서고는 아무나 못 들어가요. 그리고 그 자료들은 일단 대외비이기 때문에 작성된 지 5년 동안은 외부에 공개가 안돼요. 대신, 5년이 지난 자료들은 사본을 만들어 왕립 아카데미 도서관에 보관을 해요. 왕립 아카데미에서는 정치나 역사를 가르치기 때문에, 왕국 전체 영지에서 일어난 사건들을 일목요연하게 정리한 그 자료들은 훌륭한 참고 서적이거든요."

"이놈, 아무튼 똑똑해. 알았다, 얼른 가자."

율리아가 기분 좋은 표정으로 라울의 어깨를 가볍게 밀었다. 그 힘에 살짝 앞으로 밀려났던 라울이 갑자기 걸음을 멈추더니 진지한 표정으로 물었다.

"그런데 말이에요."

"응? 뭐, 또 할 말이라도?"

"백작님은 왜 이 일을 우리한테 맡긴 걸까요?"

"그야 뭐, 니 실수도 좀 있었고 하니까……."

"단순히 그렇게만 생각하면 좋겠지만……. 이건 꽤 시급한 일이에요. 그렇다면 조엘에게 맡기는 게 훨씬 더 빠를 텐데 왜 우리한테 시켰는지를 잘 모르겠어요."

듣고 보니 뭔가 이상했다. 상황을 보면 확실히 조엘이 조사를 하는 것이 훨씬 빨랐다. 그런데도 자신들에게 시킨 이유가 무엇일까?

하지만 리카이엔의 머릿속으로 들어가 보지 않은 이상 알 수 없는 일이었다.

"뭐, 그거야 알 수는 없다만, 그래도 이유가 있으니까 우리한테 시켰겠지."

"흐음……."

"어쩌겠냐? 까라면 까야지."

율리아가 어깨를 으쓱거리며 하는 말에 라울이 저도 모르게
피식 웃으며 말했다.

"크큭, 그건 그렇죠. 까라면 까야죠. 그런데 그거 알아요?"

"뭘 알아?"

"율리아… 점점 단순 무식해지는 거."

"뭐라고!"

울컥해서 버럭 소리를 지르는 율리아를 향해 라울이 침착하
게 말했다.

"옛날에는 생각도 재빠르고, 안목도 날카로웠었는데 요즘
은 영 그렇지가 않아요."

라울의 말을 들은 율리아가 저도 모르게 입을 꾹 다물었다.
가만히 생각해 보니 확실히 그런 것 같았기 때문이다.

하지만 깊이 고민하지는 않았다.

"쳇, 그럼 뭐 어때? 자, 가자."

"알았어요."

§   §   §

"그랬단 말이지……."

"야야, 말도 마라. 그런 놈들은 진짜 처음 봤다."

"흐음……."

리카이엔이 가라앉은 표정으로 팔짱을 낀 채 소파 깊숙이

몸을 묻었다. 마주 앉아 있던 조엘이 허탈한 표정으로 긴 숨을 내쉬며 말했다.

"하아~ 아무튼, 그래도 조금씩은 뭔가 보이는 것 같으니 계속 파고들어 봐야지."

대도 클레우스의 후계자로서, 아트룸 길드의 마스터로서 단 한 번도 길드의 힘에 대해 의심해 본 적이 없는 조엘이었다. 하지만 이번만큼은 한계였다.

대륙 전체를 손에 쥐고 흔들고 있는 거대한 비밀 조직 써클루스.

그놈들만 생각하면 치가 떨릴 지경이었다.

애초에 그런 놈들이 존재한다는 사실을 아트룸 길드에서 몰랐다는 것부터가 굴욕이었다. 대륙 전체를 아우르는 정보 조직이라는 자부심이 단번에 무너지는 일이었다.

그리고 더더욱 자존심이 상하는 일은, 그렇게 파고들었음에도 불구하고 아직까지 놈들의 실체에 접근하지 못하고 있다는 사실이다.

그들 역시 아트룸 길드와 비슷한 조직 체계를 가지고 있었다. 긴밀한 관계를 맺고 있으면서도 철저하게 점조직으로 이루어진 형태.

그래도 아예 아무것도 못한 것은 아니었다. 대륙 곳곳에서 놈들의 중간 조직을 찾아내 급습하기도 했다. 하지만 얻은 것은 아무것도 없었다.

그들의 반응 때문이다. 아트룸 길드와 싸우다 절대 이기지 못한다는 것을 깨닫는 순간, 일말의 망설임도 없이 전원이 자살해 버렸기 때문이다.

조엘이 치를 떠는 이유였다. 아무리 독한 놈들이라도 어떻게 한 놈도 빠짐없이 그런 짓을 한단 말인가.

한참 정적이 흐른 후, 조엘이 갑자기 상체를 앞으로 내밀며 은근한 목소리로 말했다.

"차라리 우리가 페르그란데 산맥으로 들어가는 게 낫지 않겠냐?"

하지만 리카이엔은 단호하게 고개를 저었다.

"안 돼."

"왜?"

"뱀을 놀라게 하려고 할 때는, 풀만 건드려야 되는 법이다."

"뭔 소리야?"

"풀을 건드려서 뱀을 놀라게 한 후에, 뱀이 어떻게 움직이려는지 보는 게 목적이라고. 거기서 풀을 건드리는 건 페르온이, 보는 건 너희가 하는 거다."

"이 자식은 툭 하면 뜬구름 잡는 소리만 한다니까!"

조엘의 반응에 리카이엔이 고개를 설레설레 저으며 말했다.

"기사 서른 명 정도가 너희 길드 근거지를 훑고 다니면, 넌 어떻게 하겠냐?"

"죽여 버리지!"

"그러려면 움직여야 되지?"

"그래."

"똑같은 거야. 페르온이 지금 그 역할을 하고 있는 거란 말이다. 그러면 놈들은 어떤 식으로든 반응을 보일 거고, 페르그란데 산맨 바깥쪽에서 감시를 하고 있는 너희가 그걸 조사해야 된단 말이다."

하지만 조엘은 여전히 이해를 못하고 있었다.

"그러니까 그 페르온의 일도 우리가 하는 게 낫지 않겠냐는 말이다."

"상대가 만만하면 모습을 드러내지만, 만만하지 않으면 더욱 숨을 수도 있다는 건 생각 안 해 봤냐?"

"뭐? 그렇게 덩치 큰 놈들이 무섭다고 숨어?"

"어차피 목적을 가지고 있는 놈들이다. 숨지 않을 수도 있지만, 숨을 수도 있다. 그런데 만약 더 깊이 숨어 들어갈 경우 우리는 영영 놈들을 찾지 못할 수도 있단 말이다. 난, 그런 위험을 감수할 생각은 없거든."

"야, 그래도… 그렇게 하면 페르온이 위험한 거 아니냐?"

"걱정 마라. 아무리 위험해도 살아 돌아올 수 있는 놈이니까."

"흐음, 그 소심쟁이가?"

조엘이 미심쩍은 표정으로 고개를 외로 꼬았다. 하지만 리카이엔은 그 말에는 대답하지 않고 원래의 이야기를 계속 이어 갔다.

"그러니까 너희 애들 보고 안 들키게 잘 감시하고 있으라고 해라."

결국 포기한 조엘이 자리에서 벌떡 일어나며 말했다.

"알았다. 하아~ 그럼 난 이만 가야겠다. 다음에 볼 때는 카이스 자식 결혼식인가?"

"그렇겠네."

"알았다. 그때 보자."

말이 끝나기가 무섭게 조엘의 모습이 연기처럼 조용히 사라졌다.

조엘이 떠나고 혼자 남은 리카이엔은 한참이나 굳은 듯 앉아 생각에 잠겼다.

'아무래도 브렌 왕국 내부에도 세력이 필요할 거 같은데……'

리카이엔이 싸우려는 늠들은 적당히 상대할 수 있는 자들이 아니었다. 어쩌면 대륙 전체를 아우르는 힘에 맞서야 할 수도 있었다. 그러니 어지간한 세력으로는 싸울 수 없었다.

문제는 지난번 정복전쟁이었다.

그 전쟁으로 꽤나 많은 세력들이 힘을 잃었다. 그렇기에 엘리샤가 아무리 많은 세력들을 모은다 해도, 지난 정복전쟁에서 한 번씩은 타격을 입은 세력들이었다. 그러니 리카이엔으로서는 뭔가 부족하다고 느낄 수밖에 없었다.

그래서 생각이 쏠린 곳이 브렌 왕국이었다. 정확하게는 정복전쟁 전의 브렌 왕국.

지난 정복전쟁에서 큰 타격을 입지 않은 곳은 브렌 왕국과 그로니스 제국밖에 없었다. 주변에 있던 모든 나라들과 전쟁을 하면서도 오히려 타격을 입지 않았다는 것은 모순된 이야기였지만, 그 전쟁 자체가 써클루스의 농간이었기에 그런 불가능한 일이 벌어진 것이다.

그러니 리카이엔으로서는 브렌 왕국 안에 있는 세력들이 탐이 날 수밖에 없었다.

하지만 섣불리 움직일 수는 없었다. 지난 전쟁에서 의외로 많은 전공을 세운 리카이엔이다 보니, 세력을 만들기 위해 움직이려고 하면 견제를 받는 것은 물론, 주변에 감시의 시선이 붙을 수밖에 없었다.

그렇지 않아도 거대한 적과 싸워야 하는데, 싸우기도 전에 전력이 드러날 수도 있는 위험. 전쟁을 앞둔 장수라면 절대 피해야 할 상황인 것이다.

"후우~"

긴 한숨을 내쉬던 리카이엔이 벌떡 몸을 일으켜 창 쪽으로 천천히 걸어갔다. 그리고 커다란 창문 앞에 서서 저 멀리 보이는 내성의 정문을 바라보았다.

때마침 정문 앞을 지나치는 두 사람이 있었다. 성벽 돌기를 하고 있는 세이나와 루딜이었다.

두 사람의 모습을 본 리카이엔이 살짝 인상을 찌푸리며 중 얼거렸다.

"아주 방법이 없는 건 아닌데……."

아주 고전적이고도 꽤 확실한 방법이 있었다.

커다란 세력끼리 인위적으로 가족의 연을 맺어 세력을 불리 는 방법. 바로 정략결혼이었다.

지난번, 세이나와 루딜 사이에 묘한 분위기가 감돌던 날로 부터 오늘이 열흘째였다. 그 열흘 동안, 두 사람은 뭐가 그리 좋은지 하루 종일 나란히 성벽 돌기를 하고 있었다.

그리고 세이나의 얼굴이 점점 밝아지고 있었다. 리카이엔이 본 바로는, 아주 순식간에 루딜에게 빠져들고 있었다.

거기까지 생각한 리카이엔이 조금 전까지의 고민도 잊은 채 피식 웃고 말았다.

"녀석……."

그렇게 자기 뒤를 졸졸 따라다니던 세이나가 갑자기 다른 녀석에게 빠져든 모습이 괜히 서운한 기분도 들었다. 물론 다 행이라는 생각이 더 많다. 리카이엔의 기준에서 루딜은 꽤 탐 이 날 정도의 인재였고, 세이나를 향한 마음도 지극했다. 매제 로 삼기에 차고도 남는 늠이었다.

하지만 그런 두 사람의 마음을 자신이 정략적으로 이용할 생각을 하니 괜히 미안한 마음이 드는 것이다.

"후우~ 어쩔 수 없지"

그렇다고 이용하지 않을 리카이엔은 아니었다. 미안한 마음은 들지만, 필요하다면 무슨 짓이든 해야 했다.

"일단은 두 녀석과 얘기를 해보는 게 우선이겠지."

"정말 그랬어?"

"그럼, 그때 입학생 남자들 사이에서 최소 10초 동안은 침묵이 흘렀다니까!"

루딜의 말에 터져 나오는 웃음을 애써 참은 세이나가 가볍게 헛기침을 하더니 은근한 목소리로 운을 뗐다.

"에~ 이 이야기는 안 해 주려고 했는데……."

"응? 무슨 이야기?"

"으음~ 에이, 기분이다, 해 준다. 입학생 여자들이 10초간 입 벌리고 침 흘린 이야기."

"응? 그래? 그것도 남자들 중 누굴 보고 그런 거야?"

귀가 솔깃해진 루딜이 궁금증 가득한 얼굴로 물었다. 그 얼굴에는 조금은 기대하는 표정도 숨어 있었다. 그런 속마음을 읽은 세이나가 장난스럽게 고개를 홱 돌리며 말했다.

"에이~ 안 해야겠다."

"야, 그러지 말고 가르쳐 주라. 응?"

"흥, 네가 기대한 그거다. 입학식 때 여자애들이 너 보고 넋이 나가서는 입가에 침 흐르는 것도 모르더라."

"정말이지?"

"아, 물론 나는 안 그랬어."

세이나가 짐짓 새침한 표정을 지어 보였다. 그리고 루딜이 얼른 말을 이었다.

"히히, 나는 너 보고는 정신이 멍해졌었는데."

뭔가 쑥스러운 표정으로 말하는 라울의 모습에 세이나가 저도 모르게 까르르 웃어댄다. 그리고 그렇게 밝게 웃는 그녀의 모습에 라울은 한층 더 기분이 좋아졌다.

그는 요즘 하루하루가 즐거웠다. 너무 기분이 좋아 이대로 죽는다 해도 여한이 없을 정도였다. 힘들고 고된 훈련이었지만, 밤이 되어 훈련이 끝나는 것이 아쉬웠다. 온몸이 땀으로 범벅이 되고, 다리가 후들거리는데도 마음이 그렇게 가벼울 수가 없었다.

꿈에도 그리던 세이나가 자신을 향해 웃고, 이야기 하고, 때로는 걱정해 주는 것이 너무 행복했다. 이대로 시간이 멈췄으면 하는 기분이 이런 걸까?

"엇!"

싱글벙글 입이 귀까지 찢어져 있던 루딜이 갑자기 가벼운 신음을 뱉으며 고개를 푹 숙였다. 그리고 세이나 역시 잠시 걸음을 늦춰 루딜과의 거리를 벌렸다.

저 앞에 투덜거리며 걷고 있는 조원들의 뒷모습이 보인 탓이다.

루딜이 먼저 앞장을 서고, 세이나가 조금 거리를 둔 후 걷기 시작했다.

"어? 니, 니가 왜 뒤에서 오냐?"

뒤에서 다가오는 발소리에 고개를 돌렸던 조원 하나가 루딜을 알아보고는 깜짝 놀라 물었다.

조원들은 요 며칠 동안 성벽을 돌 때는 루딜과 거의 얼굴을 보지 못하고 있었다. 출발을 할 때는 함께하는데, 어느새 루딜이 속도를 붙여 앞질러 가버리기 때문이다. 물론, 앞지르기만 했을 뿐 거리를 더 벌리지는 못했다. 성벽을 따라 도는 탓에 시야에 보이지 않을 정도.

그런데 오늘은 앞질러 갔던 루딜이 뒤에서 다가와 자신들을 추월하려 하고 있었다. 자신들이 특별히 요령을 피우거나 한 것도 아닌데 말이다. 루딜이 성벽을 도는 속도가 그만큼 빨라졌다는 뜻이다.

처음 조에 배치됐을 때는 아침 훈련도 제대로 못 따라오던 루딜이었다. 그런 그가 어느 날부터 사생결단을 낼 기세로 단련을 해, 기사 후보생이 되었을 때는 비슷한 체력을 갖게 되었다. 하지만 그 정도로는 모자란지 이제는 자신들을 뛰어넘고 있는 것이다.

조원들로서는 기겁을 할 일이었다. 자신들 역시 훈련을 받으면서 어쩔 수 없이 체력이 올라가고 있는 중이었다. 그런데도 불구하고 자신들을 따라잡으려 하니 놀랄 수밖에.

"이런 독한 놈!"

"저놈 요즘 좀 이상하다니까?"

"인마, 이 훈련에 그렇게 목숨 걸 이유라도 있냐?"

쏟아지는 조원들의 질문에 루딜은 잠깐이지만 아주 깊은 고민에 잠기고 말았다. 그가 고개를 숙이고 걸었던 이유는, 얼굴에서 도무지 지워지지 않는 웃음기를 숨기기 위해서인데 대답을 하자니 그게 들통 날 위험이 있기 때문이다.

그렇다고 대답을 안 하면 무시한다며 구박을 받을 게 뻔한 상황.

"크음, 큼!"

헛기침을 하며 애써 얼굴에 떠오른 웃음을 지운 루딜이 고개를 들고 말했다.

"그냥 뭐 좋잖아요. 딘련을 하면 할수록 내가 점점 더 성장하고 있다는 뭐 그런 느낌이요."

순간, 조원들의 얼굴에 흠칫한 표정이 떠올랐다. 그리고는 저마다 한마디씩 던지기 시작했다.

"미쳤군."

"그래, 제대로 미쳤어.'

"그렇지 않고서야 저럴 수는 없지."

"에잉~ 백작님이 애 하나 제대로 망치셨네."

조원들의 반응에 루딜이 저도 모르게 흠칫했다. 모두의 얼굴에 딱하다는 표정이 역력했던 것이다.

"애가 너무 빡세게 훈련하다 결국 실성을 했나? 음, 열은 없는데?"

한 조원은 루딜의 이마까지 짚으며 곤혹스러운 표정을 짓기까지 했다.

'왜, 왜 이러지?'

방금 자신이 했던 말은, 기겁을 하거나 놀란다면 모를까 저렇게 안쓰러운 표정을 지을 말은 아니기 때문이었다. 하지만 이내 그 이유를 깨달을 수 있었다.

'아차!'

말을 하는 도중 자신도 모르게 헤벌쭉 웃어 버렸던 것이다.

"머, 먼저 가요!"

모두에게 묘한 눈초리를 받을 수밖에 없는 이런 상황에 대처할 방법은 도망치는 것뿐이었다.

"어어!"

"저, 저놈!"

"거, 거기 서 인마!"

성큼성큼 앞으로 걸어가는 루딜의 모습에 조원들이 다시 당혹스러운 표정으로 외치기 시작했다. 자신들을 한 바퀴 추월하고도 저렇게 빨리 걸어갈 힘이 남아 있다는 사실이 새삼 놀라웠다.

"미친 놈은 힘든 거 모른다던데……."

"그, 그럼 저놈 진짜……."

그때였다.

"훈련은 안 하고 뭐하는 거야!"

귓전을 때리는 날카로운 목소리.

"헉!"

갑작스러운 소리에 뒤를 돌아보던 조원들이 깜짝 놀라며 저도 모르게 주춤주춤 뒤로 물러났다. 백작님의 하나밖에 없는 여동생, 세이나 아가씨가 자신들을 잡아먹을 듯 노려보고 있었던 것이다.

"아, 아가씨."

"그런 것이 아니고요. 그, 그냥 저희 조원들 중 한 녀석이……."

"훈련 때문에 살짝 맛이 갔는지, 아주 제대로 실성을 한 거 같아서 말입니다."

"백작님께 말해서 저놈 좀 살펴봐 주시면……."

다들 지심으로 걱정스러운 듯 한마디씩 부탁을 서슴지 않았다. 그로 인해 얻게 된 대가에 대해서는 꿈에도 모른 채.

"열심히 훈련을 하는 사람이 있으면 격려를 해 줘야지. 미쳤다니, 그게 무슨 말이야. 너희들, 모두 오늘 세 시간씩 더 돌아!"

"헉! 아, 아가씨 그게 무슨!"

"저희가 무슨 잘못이라도……!"

기겁을 한 조원들이 사시나무 떨 듯 말을 해 보지만 세이나는 이미 성큼성큼 걸어가고 있었다.

"아, 아가씨!"

한 조원이 간절한 목소리로 세이나를 불렀다. 그러자 세이나가 발을 멈추고 고개를 돌리더니 싸늘한 표정으로 말했다.

"제대로 하는지 안 하는지 내가 확인할 거야!"

그리고는 정말 뒤도 돌아보지 않고 걸어가 버렸다.

"이, 이게 뭐야!"

"우리가 뭘 어쨌다고!"

"누가 백작님 동생 아니랄까 봐……."

망연자실한 표정으로 중얼거리는 조원들을 향해, 지금까지 한마디도 하지 않고 있던 헐리가 피식 웃으며 말했다.

"그러게 이것들아, 입 닫고 그냥 훈련이나 할 것이지."

"형님!"

"그, 그러고 보니 형님은 왜 아무 말도 안 하고 있었소?"

조원들의 물음에 헐리의 입가에 떠오른 미소가 한층 짙어졌다. 하지만 조원들이 원하는 대답을 해 주지는 않았다.

"안 하고 싶으면 안 하는 거지, 뭐 꼭 해야 될 필요가 있나?"

"그, 그래도."

"자자, 떠들 시간에 조금이라도 더 움직여."

그렇게 조원들이 죽상을 한 채 훈련하는 동안, 그들의 시야에서 사라진 루딜과 세이나는 다시 나란히 걸으며 함박웃음을 짓고 있었다.

특히 루딜은 하늘을 둥둥 떠다니는 기분이었다. 세이나가 자신을 미쳤다고 말한 조원들에게 벌을 주었다는 이야기를 들었기 때문이다. 세이나가 자신을 위해 그런 일까지 해 주었다는 것이 그렇게 기쁠 수가 없었다.

그렇게 얼마나 걸었을까.

저 멀리 누군가 서 있는 모습이 보였다.

"음? 오빠가 왜……."

성문 앞에 서 있는 사람은 리카이엔이었다. 그것도 자신들을 기다리고 있는 것인지 이쪽을 뚫어지게 보면서.

"무슨 일이야? 나 기다린 거야?"

"얘기할 게 있으니 들어가자."

다른 때 같았으면 훈련을 하지 않아도 된다는 생각에 뛸 듯이 기뻤겠지만, 지금은 조금도 기쁘지가 않았다. 루딜과 함께하지 못하기 때문이다.

"무슨 얘기? 저녁에 하면 안 될까?"

아쉬운 표정으로 자신과 루딜을 번갈아 보는 세이나의 모습에 리카이엔이 묘하게 짓궂은 미소를 지으며 말했다.

"이 오라비가 그렇게 한가한 사람 같으냐?"

"흥, 쳇!"

리카이엔의 말에 새침한 표정을 지은 세이나가 루딜 쪽으로 고개를 돌렸다. 그리고는 미안하고 아쉬운 표정을 지어 보였다.

"백작님, 훈련 중에 빠지는 것은 효율이 떨어지지 않습니까? 그러니 저녁에 하시는 게 좋지 않겠습니까?"

자신이 해서는 안 될 말이라는 걸 알면서도 루딜은 단호한 목소리로 그렇게 말했다.

그리고 세이나가 황급히 고개를 저었다.

"아니야, 나 잠시 들어갔다 올게."

그렇게 말하는 세이나의 얼굴에 떠오른 표정은 아주 복잡했다. 자신을 위해 용감하게 말해 주는 루딜에게 감격을 하면서도, 혹시 이 일로 루딜이 고생을 할까 봐 걱정스럽고, 갑자기 끼어든 오빠가 미운. 그런 표정이었다.

"세이나……."

얼굴 표정에서 그 마음을 읽어 낸 루딜이 감격스러운 표정으로 세이나를 보았다.

그리고 리카이엔이 말했다.

"그런 건 너희 둘만 있을 때 해라, 이 분위기 파악 못하는 것들아."

"흡!"

"헉!"

두 사람이 동시에 흠칫한 표정을 지어 보였지만, 리카이엔이 이미 안쪽으로 걸음을 옮기고 있었다.

"세이나, 빨리 안 오냐?"

"아, 응. 가, 갈게!"

세이나는 루딜을 향해 애처로운 듯 손을 흔든 후, 무거운 갑옷을 성문을 지키는 병사에게 맡기고는 종종걸음으로 리카이엔을 향해 갔다. 그리고는 리카이엔이 뭐라고 말을 꺼내기도 전에 먼저 샐쭉한 얼굴로 입을 열었다.

"무슨 일이야? 평소에는 훈련 중에 아무것도 못하게 하더니, 그것도 어길 만큼 중요한 이야기가. 응? 도대체 요즘 툭하면 나한테 뭐라고 하기나 하고. 내가 말을 안 해서 그렇지 그거 얼마나 자존심 상하는 줄 알아?"

오빠밖에 모르고 지냈던 그 시절에는 감히 엄두도 내지 못했던 말들을 쏟아내기 시작했다.

쫑알쫑알 쏘아대는 세이나를 보는 리카이엔의 얼굴에 조금은 허탈한 미소가 떠올랐다.

'어이, 리카이엔. 니 동생 좀 너무하는 거 아니냐? 거기서 좀 섭섭하겠다?'

하지만 작은 허탈감보다 더 큰 것은 뿌듯함, 혹은 홀가분함이었다. 자신을 원래의 다정한 오빠 리카이엔으로 알고 따르는 세이나를 보고 있으면 항상 그녀의 기대에 부응해 주지 못해 미안한 마음이 들었었기 때문이다.

그런데 이제라도 그녀가 진짜 마음을 품을 사람을 만났으니 미안한 마음도 덜 수 있게 된 것이었다. 그리고 실제로 루딜을 꽤 괜찮은 녀석이 아닌가.

그런 리카이엔의 생각도 모른 채 세이나는 여전히 쫑알쫑알

떠들어 대고 있었다.

"말이 나왔으니 말인데, 내가 무슨 어린애도 아니고 좀 너무한 거 아니야? 응? 그래, 안 그래? 게다가 사사건건 참견에다가, 생각을 좀 하고 살라니. 세상에 동생한테 그렇게 말하는 오빠가 어딨어?!"

하지만 계속해서 세이나의 투정을 들어줄 수는 없었다.

"그렇게 참견이 싫거든 결혼이라도 하지 그러느냐?"

쉴 새 없이 떠들어 대던 세이나의 입이 갑자기 굳게 닫혔다. 그리고 아주 잠깐의 침묵과 뒤이어 터져 나온 세이나의 비명 같은 외침.

"악! 그, 그게 무슨 말이야. 가, 갑자기 결혼이라니! 내, 내가 뭐 루딜을 좋아하는 줄 알아? 그냥 치, 친구야!"

"응? 난 루딜이랑 결혼하라고는 안 했는데?"

"어? 응? 그, 그랬나? 왜 귀에 환청이 드, 들리는 거지? 아, 아무튼!"

질색팔색을 하며 방방 뛰는 세이나. 하지만 그녀의 표정은 행동과는 정반대였다. 갑자기 부끄러운 듯 얼굴이 붉게 달아오르고 배시시 웃기까지 하고 있었다.

리카이엔은 앞뒤가 맞지 않는 세이나의 말과 표정을 지켜보며 또 한 번 피식 웃었다.

'이거 단단히 빠졌군. 하긴……'

루딜이라면 귀족가의 영애들이 가장 탐내는 신랑감 중 하나였다. 거기에 세이나의 사랑을 얻기 위해 스스로 병사가 되어 전쟁에 참전하는 일도 마다하지 않았다.

배경과 능력, 그리고 외모에 더해서 헌신적이고 식지 않는 열렬한 마음까지. 세이나가 마음만 연다면 당연한 결과였다.

아니, 이렇게까지 순식간에 마음이 쏠린 것으로 보아 세이나 역시 오래전부터 루딜에게 마음이 있었던 것이 분명했다.

다만, 그때 그녀의 눈에는 화려하고 뛰어난 오빠밖에 보이지 않아 자신의 그런 마음을 깨닫지 못했던 것이다. 그러던 것이 최근 오빠에 대한 불만으로 인해 조금은 미운 마음이 들고, 그런 미운 마음만큼이 루딜에게 열리면서 자신의 마음을 깨닫게 된 것이다.

겨우 며칠 만에 세이나가 루딜에게 이렇게 깊이 빠져든 것은 어쩌면 필연적인 일이라는 말이다.

"오, 오빠 지금 이상한 상상하는 거 아니지? 오해하지 마, 절대 그런 거 아니라니까!"

하지만 리카이엔은 가볍게 손사래를 치며 내성 안쪽으로 걸음을 옮겼다.

"니 마음은 잘 알았으니까, 다시 루딜한테 가 봐."

"응? 뭐, 할 얘기 있다며?"

"이 이야기하려고."

"뭐, 뭐라고?!"

화들짝 놀란 세이나가 당혹감이 가득한 목소리로 외쳤다.

하지만 리카이엔은 더 이상 대꾸하지 않고 안으로 들어가 버렸다.

　"이씨, 진짜 그런 거 아닌……."

　말끝을 흐린 세이나가, 리카이엔이 들어간 내성과 성문 바깥쪽을 번갈아 보더니 급히 성문 쪽으로 달려갔다.

Chapter 3.

정략혼

"할 이야기가 있는 모양이구나."

저녁 식사 후에 가진 티타임, 힐더가 벌서 세 잔째 차를 우려내고 있었다. 그럼에도 불구하고 자리에서 일어날 생각이 없는 듯 보이는 리카이엔의 모습에 데인이 불쑥 물었다.

"예, 아버지."

"그래 무슨 어려운 이야기를 하려고 하기에 그리 긴장한 게냐?"

"결혼에 대한 이야기입니다."

순간 데인과 힐더의 얼굴에 화색이 돌았다.

"결혼이라고? 그래, 어디 마음에 드는 아가씨라도 만난 것이냐?"

"아, 그게……. 제가 아니라 세이나의 결혼 이야기입니다, 아버지."

"응? 뭐라고, 세이나?"

예상치 못한 말에 당황한 데인이 뭐라고 말을 잇지 못하는 모습에 가만히 앉아 있던 힐더가 나섰다.

"세이나보다 네가 먼저 해야 되지 않겠느냐? 세이나야 자기가 마음에 드는 이가 있으면, 그 성격에 제가 먼저 나서서 결혼을 하겠다고 조르겠지. 네 아버지의 작위를 물려 받은 지도 벌써 2년을 다 채워 가고 있다. 그런데 아직까지 결혼을 하지 않는다면 네 후대는 어떻게 이어 갈 생각인 게야?"

"일전에도 한 번 말한 적이 있지 않습니까? 저의 결혼에 대해서는 아버지, 어머니께 맡긴다니까요?"

그 사이 정신을 수습한 데인이 조금은 엄한 표정으로 말했다.

"어찌 자신의 결혼을 다른 이에게 맡긴단 말이냐? 평생을 함께 살아갈 사람을 찾는 일이다. 오로지 자신의 마음과 눈으로 정해야 할 일이다. 다른 가문들은 어찌하는지 몰라도 우리 가문에서는 그런 일이 있을 수 없다. 같은 말이지만, 세이나 역시 제 스스로 자기 신랑감을 찾기 전에는 결혼을 시킬 수 없다."

두 사람의 태도에 리카이엔이 난감한 표정으로 뒤통수를 긁적였다. 어느 정도 예상은 했지만 이렇게까지 강경하게 나올 줄은 생각지 못한 탓이다.

그렇다고 물러날 수는 없는 법. 리카이엔은 살짝 굳은 표정을 지은 채 나직한 목소리로 입을 열었다.

"으음… 사실 조만간 이야기를 드리려고 했는데 지금 하는 것이 좋을 것 같군요."

"응?"

"아직 외부로 새어 나가서는 안 되는 일입니다만, 조만간 또 한 번의 전쟁이 있을 것입니다."

"뭐, 뭣이! 전쟁?!"

깜짝 놀란 데인의 안색이 순식간에 창백하게 변했다. 지난 정복전쟁 때, 전쟁에 나간 아들 걱정 때문에 얼마나 노심초사했었던가. 그런 그 전쟁이 끝난 지 이제 겨우 석 달 남짓이었다. 그런데 또다시 전쟁이라니.

"확실하게 언제 전쟁이 일어날지는 아직 알 수가 없습니다. 하지만 분명하게 일어날 일입니다."

"도, 도대체 어디와 어디가 전쟁을 한단 말이냐?"

"그것이, 아직은 정체가 밝혀지지 않은 어떤 집단입니다. 놈들은……."

리카이엔은 간단명료하게 써클루스에 대한 설명과 가까운 미래에 그들과의 전쟁이 일어날 것이라는 이야기를 해 주었다.

"그, 그런 집단이 존재한다는 것이 가능하단 말이더냐?"

"실체를 잡지는 못했습니다만, 많은 정황들이 그들의 존재를 확인시켜 주고 있습니다."

"으음……."

말을 잇지 못하는 데인을 보며 리카이엔이 조심스레 화제를 돌렸다.

"실은 그 전쟁 준비를 위해 세이나의 결혼이 필요합니다."

"뭣이!"

데인의 얼굴이 창백하다 못해 사색이 되었다. 지금 리카이엔이 한 말의 의미가 명백했기 때문이다.

"세이나를 정략결혼을 시키겠다는 말이냐?!"

데인의 목소리가 분노로 떨리고 있었다. 아무리 힘들고 어려워도 정략혼 같은 건 생각도 해 본 적이 없는 그였다. 그런데 자신의 아들이 친동생을 정략결혼시키겠다고 말하니 그 배신감에 치가 떨릴 지경이었다.

하지만 리카이엔의 표정은 담담하기만 했다.

"틀린 말은 아닙니다만, 콕 짚어 정략혼이라고 말하기는 무리가 있습니다."

"듣기 싫다! 대충 얼버무리고 넘어갈 생각은 말아라. 그리고 두 번 다시 이 이야기는 꺼내지 말아라!"

하지만 리카이엔은 조금도 물러서지 않았다.

"지금 세이나가 어디에 있는지 혹시 아십니까?"

뜬금없이 나온 이야기에, 분노에 떨고 있던 데인의 표정이 흠칫 굳었다. 그러고 보니 저녁 식사가 끝난 후로는 세이나를 보지 못했기 때문이다.

"저녁 식사를 마치고 쏜살같이 뛰어 나가는 것은 보았다만……."

"기사들의 막사 근처에 있습니다."

"음?"

"혹시 기억하십니까? 폴덴바인 백작가의 후계자가 저희 영지에 병사로 와 있었던 일 말입니다."

"그야 기억은 한다만……."

"그 폴덴바인 백작가의 후계자가 기사 후보생이 되어서 기사들의 막사에서 지내고 있습니다."

"뭐? 그, 그럼 혹시?"

"예, 그 혹시입니다. 낮에 세이나를 볼 수 없는 이유도, 같이 성벽을 도느라 안으로 들어오지 않기 때문입니다."

사실, 리카이엔이 세이나에게 준 벌은 단 하루였다. 그런데 세이나는 며칠째 자발적으로 수련을 하고 있었던 것이다.

"폴덴바인 백작가의 후계자라……."

데인이 조금은 풀어진 표정으로 나지막하게 숨을 내쉬었다.

"너무 걱정하지는 마십시오. 저도 세이나의 의사가 가장 우선이라고 생각합니다. 일단 생각을 물어 본 후에, 대답 여하에 따라 결정할 생각입니다. 아버지께서 생각하시는 정략은 세이나가 원하는 사람과 결혼을 하고 나서 얻게 되는 부차적인 것 정도로만 생각하시면 됩니다."

"하지만 너는 어찌하려고 그러느냐? 나는 하루라도 빨리 네가 훌륭한 반려자를 만났으면 좋겠구나."

"누차 말씀드렸듯이 그 일은 두 분께 맡기겠습니다. 아무튼 세이나의 결혼은 허락하신 것으로 알고 진행하겠습니다."

"오늘은 또 무슨 얘기를 하려고?"

세이나가 슬며시 리카이엔의 눈치를 보며 물었다. 어제 리카이엔이 결혼에 대한 이야기를 던진 후부터 반복되고 있는 일이었다.

"잠깐 기다려 봐. 한 사람 더 와야 돼."

"응? 누구?"

"루딜."

"뭐, 루딜은 왜? 무슨 얘기를 하려고?"

"와서 이야기를 들어 보면 알게 될 테니 안달하지 말고."

"으음……."

그때 마침 밖에서 누군가 문을 두드리며 말했다.

"백작님, 루딜입니다. 부르셨다고 들었는데요?"

"들어와."

조심스럽게 방문이 열리고 방 안을 배꼼 들여다보던 루딜이 세이나와 눈을 마주치고는 흠칫 놀란다.

"문을 열었으면 들어와 앉을 것이지 뭐하나?"

리카이엔의 말에 루딜이 쭈뼛거리며 다가와 세이나와 나란히 앉았다.

"내 성격상 빙빙 돌려 말하는 건 적성에 안 맞으니 단도직

입적으로 말하마. 둘이 결혼할 생각 있느냐?"

"에엑!"

"네, 네?"

두 사람의 입에서 동시에 당혹스러운 비명이 터져 나왔다. 마른하늘에 날벼락도 정도가 있는 법인데, 갑자기 이렇게 뜬금없이 무슨 얘기란 말인가.

하지만 기묘하게도 두 사람의 목소리에는 아주 조금의 기대감도 깃들어 있었다. 그것을 제대로 알아 챈 리카이엔이 가늘게 좁힌 두 눈으로 마주 앉은 두 사람을 보며 입가에 묘한 미소를 지었다.

마치 다 알고 있는데 무슨 내숭이냐는 듯한 눈빛. 실제로 리카이엔이 그런 생각인지는 알지 못했지만, 적어도 세이나와 루딜은 그렇게 느꼈다.

리카이엔이 한참 동안 말없이 자신들을 번갈아 보는 모습에, 결국 참지 못한 세이나가 먼저 입을 열었다.

"결혼이라니? 갑자기 그게 무슨……."

리카이엔이 세이나의 말을 싹둑 잘라 내며 자기가 할 이야기를 풀어 나갔다.

"마음에도 없는 소리 그만해라. 이것들이 어디서 지금……."

하지만 말이 잘리고도 가만히 있을 세이나가 아니었다.

"무, 무슨 말이야? 우리가 뭘 어쨌는데? 그리고 갑자기 오빠 마음대로 이러는 법이 어디 있어? 아빠는? 엄마는?"

"아버지, 어머니 하고는 이미 이야기를 끝냈다."

"뭐, 뭐라고? 그래도 이건 아니지. 묻지도 않고, 이렇게 갑자기, 대뜸!"

그리고 그런 세이나의 말을 루딜이 받았다.

"먼저 결혼을 말씀하셨으니 저도 지금만큼은 폴덴바인 백작가의 장남 자격으로 말하겠습니다. 이렇게 억지로 일을 진행하는 것은 동생분은 물론 저에게도 예의가 아니라고 생각합니다."

하지만 때로는 나서지 말아야 할 때도 있는 법이다.

"뭐야? 그럼 너, 나하고 결혼하기 싫다는 거야?!"

세이나의 화살이 갑자기 루딜에게로 향한 것이다.

"아, 아니 그런 말이 아니고."

"됐어, 넌 조용히 해!"

단박에 루딜의 입을 닫아 버린 세이나가 리카이엔을 향해 말했다.

"스스로 한 번 생각해 봐, 아무리 오빠라도 이건 좀 아닌 것 같지 않아?"

"이야기나 마저 들어라. 너희 두 녀석이 하는 꼴을 보니 뭐 당장 결혼을 시켜줘도 넙죽 고개를 끄덕일 것 같기는 하다만, 모든 일에는 순서가 있는 법이다. 나는 당장 결혼을 하라는 말이 아니다. 물론, 당장 해도 상관은 없지만 좀 더 시간을 갖고 생각해도 무방하다. 그러나 그 전에 우선 알아 두어야 할 것이 있다."

갑자기 굳은 표정으로 말을 하는 리카이엔의 모습에 세이나와 루딜이 동시에 입을 닫았다. 웃으면서 이야기할 때는 몰라도, 저렇게 무거운 얼굴로 말하는 리카이엔에게 감히 대들 수는 없었던 것이다.

"세이나는 최근에 내가 몰아세우는 것이 불만이었을 것이다. 그 이유를 말하려는 참이니 잘 들어라."

세이나와 루딜이 천천히 고개를 끄덕이고, 리카이엔이 이야기를 시작했다.

"조만간 아주 큰 전쟁이 일어날 것이다."

"뭐, 뭐라고? 전쟁?!"

세이나가 화들짝 놀라 외쳤으나 이내 리카이엔의 싸늘한 눈빛을 받고는 급히 고개를 숙였다.

"써클루스라는 세상에는 알려지지 않은 비밀 집단이 있다. 놈들은 대륙의 모든 나라를 암중에 조종해 왔는데, 이번 정복 전쟁도 바로 그들의 시나리오에 의한 것이었다. 조용히 듣기만 해라."

깜짝 놀란 세이나가 뭐라고 말을 하려는 것을 본 리카이엔이 무거운 목소리로 그녀를 진정시킨 후, 이야기를 이어 갔다. 써클루스라는 조직과 그들의 목적, 그로 인한 앞으로의 대륙 정세. 더불어 자신이 어떤 것을 준비하는지까지.

"그 거짓말을 믿으라고?!"

세이나가 불신 가득한 얼굴로 되물었다.

"그 정도로 거대한 조직이 모습을 숨긴다는 게 가능하단 말입니까?"

"가능하니까 지금까지 숨어 있었겠지."

"흐음…… 뭐, 그렇기는 하네요."

고개를 끄덕이는 루딜의 말을 끝으로 방 안에는 침묵이 흘렀다. 루딜과 세이나는 너무 충격적인 내용을 들은 탓에 더 이상 뭐라고 말을 하기가 힘들었고, 리카이엔은 두 사람이 이어지는 이야기를 들을 수 있는 상태가 되기까지 기다렸다.

"세이나."

꽤나 긴 침묵을 먼저 깨트린 사람은 리카이엔이었다.

"응."

"그동안 내가 널 몰아세운다는 느낌을 받았을 거다."

"뭐, 그러기는 했지. 알고는 있으니 다행이네."

"그 역시 방금 말한 써클루스 놈들과의 전쟁 때를 대비하기 위해서였다."

"응?"

"내가 놈들과 싸우러 나가면 아버지와 어머니를 누가 보호할 수 있겠느냐? 너밖에 없지 않겠니. 그때 네가 작은 실수라도 한다면, 그건 곧 부모님의 위험까지 이어질 수 있기에 지금부터라도 신중하고 깊이 생각하는 버릇을 들이기 위해서였다."

"아… 으응."

세이나가 조금 놀란 표정으로 고개를 끄덕였다.

"그러니 앞으로도 항상 스스로 그런 버릇을 들였으면 좋겠구나. 알았지?"

"아, 알았어."

일단 다시 말을 시작하게 되자 리카이엔은 거침없이 이야기를 이어 갔다.

"내가 너희 둘에게 결혼을 이야기하는 것은, 어디까지나 너희 둘 다 생각이 있다면 그러라는 말이지 억지로 하라는 것이 아니다. 그리고 그동안 내가 보기에는 너희 둘 다 서로에게 마음을 연 것 같기에 이야기를 꺼냈던 것이다."

확실히 서로가 마음이 없는 것이 아니었다. 루딜이야 오래전부터 세이나를 속에 담아 두고 있었으니 말할 것도 없었고, 세이나 역시 이미 루딜에게 깊이 빠져드고 있는 상태였다.

다만 이렇게나 급하게 이야기가 나왔기에 당황한 것뿐이었다.

두 사람이 입을 꾹 다문채 먼저 말을 꺼내지 못하자 리카이엔이 다시 이야기를 끌어갔다.

"그리고 너희 둘이 마음이 맞아 결혼을 하게 된다면 나는 그것을 정략적으로도 이용하려고 생각한다."

"뭐, 뭐? 그러니까 정략결혼을 하라고?"

"흥분하지 마라. 어차피 영지가 있는 귀족가끼리의 결혼이라는 건, 그 전의 과정이야 어찌 되었건 일단 결혼을 하게 되는 이상은 정략적 이해관계 역시 발생할 수밖에 없는 것이다."

"그렇기는 하지만……."

"거듭 말하지만 결혼을 강요할 생각은 없다. 하지만 너희 둘이 결혼을 하게 된다면 나는 틀림없이 그 결혼을 정략적인 목적으로 이용할 마음을 먹고 있다는 것을 미리 알려주는 것이다."

두 사람이 거의 동시에 고개를 끄덕였다. 생각해 보니 리카이엔의 말이 틀린 것은 아니다. 게다가 굳이 이런 말을 해 주지 않고, 결혼부터 시킨 후에 정략적인 이용을 해도 되는데도 미리 말을 해 주었다는 것은 자신들을 충분히 배려해 준 것이라고 볼 수도 있었다.

한참을 고민하던 루딜이 어렵게 입을 열었다.

"그런데 굳이 그 전쟁을 꼭 해야 하는 겁니까?"

"무슨 뜻이냐?"

"써클루스라는 자들이 대륙 전체를 차지한다 해도 세상이 크게 바뀌지는 않을 것입니다. 역사적으로도 아무리 왕조가 바뀌고 나라가 바뀌어도 세상의 흐름은 크게 변하지 않았었습니다. 그런데 굳이 그렇게 힘겨운 싸움을 하실 필요가 있느냐는 말입니다."

"그렇게 생각하나?"

"예, 굳이 하지 않아도 되는 전쟁을 하려고 하시는 게 조금은 이해가 안 됩니다."

미간에 주름을 잡은 채 잠시 표정을 찡그린 리카이엔이 긴 한숨과 함께 입을 열었다.

"후우~ 네 말도 어느 정도 맞는 말이기는 하다. 세상이 크게 변하지는 않겠지. 하지만 써클루스라는 놈들이 지배하는 세상이 과연 정상적인 세상일까? 어딘가는 뒤틀릴 수밖에 없다. 그리고 그런 놈들이 지배하는 세상에서 내 영지를 꾸리며 살아간다는 것이 무엇을 뜻하는 것 같으냐?"

"그게 무슨……."

"지배자가 바뀌고 흐름이 바뀐 세상에서 살아간다는 것은 놈들에게 굴복하고 그러한 세상에 타협하고 산다는 뜻이다. 나는 그런 음침한 놈들한테 무릎 꿇고 복종하면서까지 내 가문을 이어 갈 생각은 없다."

"하지만 지금도 브렌 국왕 폐하께 충성을 하고 있지 않습니까?"

"그건 어디까지나 서로의 거래다. 내가 내 영지를 소유하고 꾸려 가는 것만큼, 나는 국왕에게 세금과 군사력을 공급한다. 충성심 따위는 국왕도 원치 않고 신하들 역시 잊어 버린 이 대륙에서 이미 논할 가치가 없는 감정이 된 지 오래니 거기까지는 언급하지 않겠다."

루딜이 고개를 갸웃거리며 물었다.

"하지만 국왕 폐하의 명령에 따라야 한다는 것은 똑같지 않습니까?"

"그것과 굴복은 다르다."

"어떻게 다르다는 말이죠?"

"국왕의 명령은 내 권리를 침해하지 못한다는 한도 내에서만 이루어져야 하는 것이니까."

"때로는 부당한 명령이 있을 수도 있지 않습니까? 그리고 대부분의 귀족들은 조금 정도가 넘어서더라도 어지간하면 폐하의 명을 거역하지 않습니다."

"그렇지. 바로 그런 귀족들이 하는 것이 굴복이다. 경우에 맞지 않은, 정도를 넘어선 명령을 할 경우 나에게는 그것을 거부할 권리가 있다. 만약 그로 인해 국왕이 나를 징치하려 든다면 나는 국왕과도 싸울 것이다."

"으음……."

루딜이 조금은 납득할 수 없다는 표정으로 고개를 갸웃거렸다. 리카이엔이 무엇을 말하는지는 알겠지만, 그것을 받아들이기가 조금은 힘들었기 때문이다. 이해는 하지만 마음으로는 받아들이기 힘든 그런 감정이었다.

그 모습에 루딜의 속마음을 알아챈 리카이엔이 갑자기 짓궂은 미소를 지으며 물었다.

"그렇다면 하나 묻지. 만일 국왕이 너에게 네 부모를 죽일 것을 명한다면 넌 어떻게 할 생각이냐?"

"네?! 아무리 그래도 말씀이 지나치지 않습니까?!"

"머리를 식히고 들어라. 예가 극단적이기는 하다만 만일 그러한 명령이 내려온다면 너는 어찌할 것이냐?"

"설마 국왕이 그런 명령을 내릴 일이 있겠습니까?"

"실제로 그런 명령을 내린 적은 없지만, 오히려 그보다 더 심한 명령을 할 때도 있는 법이지. 대답해 봐라. 어찌할 거냐?"

"당연히 따를 수 없습니다."

"그렇겠지. 하지만 써클루스가 지배하는 세상이 온다면 그 명령에 따라야 할 것이고, 따르지 않는다면 멸망할 것이다. 지금은 명령을 내리는 주체인 국왕에게 대항할 수 있지만, 그때가 오면 놈들에게 대항할 수 있는 힘 따위는 남아 있지 않을 테니까."

"으음…… 알겠습니다."

루딜이 신음을 흘리며 고개를 끄덕이자 리카이엔은 다시 원래의 화제를 꺼냈다.

"지금 당장 결정을 하라고 하지는 않겠다. 하지만 우리에게는 시간이 없고, 준비할 것이 많다. 아, 하나 더 말해 줘야겠군."

리카이엔이 잠시 말을 끊고 두 사람의 표정을 살폈다. 세이나와 루딜은 많은 생각이 드는지 복잡한 표정으로 리카이엔의 이야기에 집중하고 있었다.

"나는 지금 그놈들과 싸우기 위해 은밀하게 세력을 구축하고 있다. 대륙 전체에 자리잡고 있는 많은 영주와 군사 집단들이 그 세력에 포함될 것이다."

루딜의 얼굴에 진심으로 놀란 표정이 떠올랐다. 지금 아무리 병사로서의 삶을 살고 있다고 해도 국내의 정세와 귀족들의 흐름은 꾸준히 정보를 모으고 분석하고 있었다. 그런데 지금 리카이엔이 말한 부분에 대해서는 조금도 낌새를 느끼지 못했기 때문이다.

그런 루딜의 마음을 읽은 리카이엔이 피식 웃으며 말했다.

"놀랄 필요 없다. 정복전쟁 전의 브렌 왕국 귀족들에게는 냄새도 안 풍겼으니까."

"아아~"

"그리고 그렇기 때문에 너희 둘이 결혼을 해서 그 부분을 도와줬으면 한다."

"네?"

"내가 브렌 왕국에서 세력을 모은다면 아무리 은밀하게 해도 결국 소문이 날 수밖에 없다."

루딜 역시 동감하는 부분이다. 조금 전 놀란 이유도 그것이었다. 지난 정복전쟁으로 인해 리카이엔은 여기저기서 주시하는 눈들이 많았다. 그렇기에 세력을 모으기 시작한다면 어떻게든 눈에 띌 수밖에 없는 것이다.

"브렌 왕국 안에 아무런 세력 기반도 없던 내가 세력을 모으면 필연적으로 견제를 받을 수밖에 없다. 하지만 진짜 적과 싸우기도 전에 힘을 소모할 수 없는 일이지. 그러니 네가 그 세력들을 모아 줬으면 하는 것이다. 폴덴바인 백작가야 원래 전통적인 명문가이고 원래의 세력들도 있으니 견제를 받는다 해도 나처럼 심하게 받지는 않을 것이다."

루딜이 의구심 가득한 표정으로 물었다.

"그 일은 저에게 말씀을 해 보아야 소용이 없을 텐데요? 정작 이야기를 할 사람은 저희 아버지인 것 같습니다만?"

"그렇기는 하지. 하지만 이번 전쟁에서 너 역시 많은 성장을 했고, 나이도 있으니 영지로 돌아간다면 영지 업무에 참여를 할 수밖에 없다. 그리 되면 영지의 운영 방향이나 정치적 성향에도 네 의견이 들어갈 수밖에 없지. 게다가 폴덴바인 경의 지금 나이도 있으니 조만간 네가 작위를 이어 받을 거라고 생각하는데……?"

루딜이 천천히 고개를 끄덕였다. 아버지는 결혼하게 되면 당장 영지를 이어 받으라는 말을 자주 했었기 때문이다.

"어쨌든 내가 할 이야기는 여기까지다. 당장 대답을 할 필요는 없지만, 확실하게 마음을 정해 두어라. 열흘 후에 그론스트 백작의 결혼식 문제도 있고 해서 수도에도 잠시 들러야 하는데, 루딜은 그때 나와 함께 프로커스 백작가를 떠나 고향으로 돌아가는 것이 좋겠다. 그러니 대답은 그때까지 해 주었으면 좋겠다."

"네? 그, 그렇게 빨리요?"

루딜이 깜짝 놀란 얼굴로 되물었다. 이제 막 기사 후보생이 되어 프로커스 배작가의 기사가 될 수 있는 자격을 얻었다. 그리고 조만간 기사가 될 것이고, 지난 전쟁에서 혁혁한 공을 세운 프로커스 기사단의 진면목을 볼 수 있을 거라 생각했다. 그것이 자신의 영지, 폴덴바인 백작가의 군사와 기사들도 강하게 할 수 있는 원천이 될 거라고 생각했었는데, 이렇게 빨리 떠나야 한다고 생각하니 못내 아쉬웠던 것이다.

"이제 좀 빨리 움직이고 준비를 해야 할 것 같으니까. 세이나, 너도 그때까지 생각을 좀 해라. 이번 여정은 너도 함께 갈 생각이니까."

"아, 으응……."

"으음……."

잠시 무언가를 고민하던 루딜이 진지한 표정으로 말했다.

"그렇다면 한 가지 청이 있습니다."

"청?"

"이는 세이나와의 결혼과는 전혀 무관한, 개인적인 부탁입니다."

"말해라."

"지금 제가 속해 있는 조의 병사들. 그들을 저에게 주십시오."

아주 의외의 부탁에 리카이엔이 잠시 흠칫한 표정을 지었다. 갑자기 병사들을 달라고 하다니.

하지만 루딜의 얼굴은 진지하기 짝이 없었다.

얼마 전, 왜 여기에서 사서 고생이냐는 세이나의 물음에 루딜은 바로 대답을 하지 못했었다. 특별한 이유가 있어서가 아니라 갑자기 말문이 막혔던 것이다. 그리고 지난 며칠 동안 혼자 있는 시간이 되면 항상 그 이유에 대해 고민을 했었다.

그리고 지금 리카이엔과 이야기를 하던 도중 문득 그 이유에 대해 깨닫게 되었다.

'여기서 너무 많은 걸 얻었구나.'

처음에는 당연히 세이나의 마음을 얻기 위해서였다. 하지만 병사의 신분으로 조에 배속되고, 조원들과 뒹굴고 함께 전장을 누비며 서로의 목숨을 지켜 주는 사이 루딜은 조금씩 변하고 있었다. 그리고 그 과정에서 아주 많은 것을 얻었다. 군대를 이끄는 리카이엔의 모습, 리카이엔을 보는 병사들의 모습, 피가 튀고 살점이 찢어지고 비명이 난무하는 전장의 모습, 그로 인한 프로커스 백작군의 모습 등을 직접 보고 겪으며 비교할 수 없는 값진 것들을 깨닫고 얻었던 것이다.

자각하지는 못했지만 무의식중에 그 많은 것들을 얻었다는 것을 알고 있기에 바로 '세이나 때문'이라는 말을 하지 못했던 것이다. 단지, 세이나만이 이유라고 말하기에는 그가 얻었던 다른 것들이 너무 컸기 때문이다.

그리고 이제 곧 떠나라는 말을 듣는 순간 머릿속에 떠오른 것은 헐리와 조원들이었다. 토할 것 같은 훈련 중에도 자신을 이끌어 주었고, 아비규환의 전장에서 서로의 목숨을 지켜 주었던 그들.

여기서 얻은 대부분의 것들은 머리와 마음속에 담겨 있기 때문에 가지고 갈 수 있었지만, 조원들만큼은 그럴 수 없기 때문이다.

그리고 리카이엔은 루딜의 얼굴에서 그가 조원들을 얼마나 소중하게 생각하는지 단번에 알 수가 있었다.

그렇기에 깊이 고민하지 않았다.

"좋다. 하지만 그들이 따라가는 건 어디까지나 그들의 자유의지다."

"네?"

"내가 강압적으로 그들을 폴덴바인 백작가로 보내지는 않을 거라는 말이다. 그들에게 네가 정체를 밝히고 함께 가자고 설득을 하는 것은 모두 네 역량으로 하라는 말이다."

"알겠습니다."

"그럼, 이야기는 나중에 마저 하도록 하자."

"형님, 저놈 왜 저래요?"

제스가 루딜을 가리키며 물었다. 훈련이 끝나고 저녁 식사를 마쳤는데, 루딜이 헐리의 방으로 모여 달라고 했기 때문이다.

제스의 물음에 헐리가 묘한 미소를 지으며 고개를 갸웃거렸다.

"글쎄다?"

"에이~ 글쎄는 무슨 글쎄예요? 얼굴 보니 뭔가 아는 게 있
는 모양인데."

"알긴 내가 뭘 아냐?"

"저놈 낮에 백작님이 불러서 내성에 들어갔다 온 것 같던
데……. 무슨 중요한 이야기라도 주워 들은 걸까요?"

"그야 나도 모르지. 아무튼……."

서로 주거니 받거니 하던 두 사람의 시선이 동시에 루딜에
게로 돌아갔다. 그리고 다른 조원들 역시 루딜에게 눈길을 던
졌다.

"어험, 어험!"

자신에게 모두의 시선이 집중되자 루딜이 갑자기 헛기침을
하며 슬쩍 그 시선들을 피했다. 막상 말을 하려고 하니 왠지
쑥스러운 기분도 들고 어떻게 반응할지 걱정스럽기도 해서 입
이 잘 떨어지지 않은 탓이다.

"얼른 말해, 인마. 훈련 때문에 피곤해 죽겠으니까. 무슨 결
혼 발표라도 할 거냐? 아니면 혹시 '나 헐리 형님을 아주 사랑
해요.' 라는 거라도 말하려고?"

"키키킥!"

"크큭! 사실은 형님이 루딜을 사랑하시는 거 아닙니까?"

"그러게? 저런 식으로 사랑 고백하는 거 같은데?"

"그러고 보면 형님이 루딜을 좀 잘 챙겨 주기는 했어, 우리 하고는 다르게 말이야. 뭐랄까, 뭔가 좀 각별하달까?"

헐리의 농담에 조원들이 한마디씩 키득거리며 농을 던진다. 덕분에 분위기가 살짝 풀어지면서 루딜의 얼굴에도 미소가 떠올랐다. 그리고 용기를 내 입을 열었다.

"에, 그러니까 말이죠……. 사실 이게 좀……. 말하기가 좀 그런데……."

하지만 여전히 쉽지는 않았다. 따지고 보면 지금까지 모두를 속이면서 지내 왔던 것이 아닌가.

그러나 이대로 우물쭈물하기만 해서는 이들을 자신의 영지로 데리고 갈 수 없었다.

"후우웁!"

힘겹게 마음을 다잡은 루딜이 크게 심호흡을 한 후 분명한 목소리로 말을 시작했다.

"우선, 미안하다는 말부터 해야겠어요. 지금까지 여러 형님들을 속인 부분이 있어요."

"속이다니? 뭘?"

고개를 갸웃거리며 묻는 헐리의 얼굴에는 여전히 묘한 미소가 떠올라 있었다. 아무리 봐도 뭔가를 꼭 알고 있는 듯한 느낌이었다.

'설마 내 정체를 알고 있는 건 아니겠지?'

루딜이 불안한 표정으로 헐리의 얼굴을 힐끔 본 후 천천히 입을 열었다.

"제 이름은 루딜 폴덴바인이라고 하며 폴덴바인 백작가의 장남입니다. 이유가 있어 프로커스 백작령의 병사가 되어 여러분과 함께 지내게 되었습니다."

순간, 방 안에 싸늘한 정적이 휘몰아쳤다. 혹자는 자신의 귀를 의심하고, 혹자는 입을 쩍 벌린 채 루딜을 보고, 일부는 서로를 바라보며 지금 이게 무슨 말이냐는 몸짓을 한다.

그리고 누구보다 놀란 표정을 지은 사람은 헐리였다. 사실 헐리는 루딜의 입에서 다른 말이 나올 거라 생각했다. 요 며칠 훈련 때 세이나와 함께 있다는 사실을 알고 있었기 때문이다. 해서, 신분의 차이가 있지만 세이나 아가씨를 사랑하게 됐다는 식의 이야기가 나오리라 예상했던 것이다.

그런데 뜬금없이 자신이 백작가의 자식이라고 하니 머릿속이 멍해질 수밖에 없었다.

한 조원이 멍한 목소리로 물었다.

"지, 진짜냐…… 아니, 진짭니까?"

대답은 루딜이 아닌 제스의 입에서 나왔다.

"에이, 멍청한 놈. 그게 진짜겠냐? 저놈이 장난질 치는 거잖아! 귀족가 자식이 왜 여기서 병사질이야? 그리고 귀족가 자식이었으면 지난 전쟁 때 자기 영지로 돌아가지 전장에서 뒹굴고 다녔겠냐?"

하지만 그렇게 말하는 제스의 얼굴에도 묘한 긴장감이 흐르고 있었다. 장난이라고 보기에는 루딜의 표정이 너무 진지했던 것이다.

루딜이 아주 미안한 얼굴로 다시 한 번 말했다.

"거듭 말씀드리지만, 속인 건 정말 미안해요. 그런데 진짜예요."

제스가 뭔가 단단히 결심한 표정으로, 일부러 그런다는 기색이 역력한 얼굴로 반말로 물었다.

"그럼 도대체 그 사정이라는 게 뭐냐?"

"그, 그게……."

"말해 봐. 그게 그럴싸 하면 믿어 줄 테니."

"으음……. 사실, 제가 왕립 아카데미 시절부터 세이나를 좋아했거든요. 그래서 프로커스 경의 허락을 받고, 그녀의 마음을 얻기 위해서 온 겁니다. 병사가 되어도 좋으니 백작령 안에 머물 수 있게만 해달라고 말했다고, 진짜 병사로 집어넣을 줄은 몰랐지만 말이죠."

"풉!"

제스가 저도 모르게 터져 나오려는 웃음을 꾹 참았다. 백작님이라면 충분히 그러고도 남을 위인이기 때문이다.

그때 가만히 듣고만 있던 헐리가 힘겹게 입을 뗐다.

"그래서 세이나 아가씨와 그렇게 붙어 다녔던 거냐?"

말하는 분위기가 루딜이 폴덴바인 백작가의 사람이라는 걸 믿는 듯한 눈치다. 물론, 그럼에도 불구하고 여전히 반말이었지만.

"예, 그랬지요."

가만히 듣고 있던 제스가 갑자기 입가에 비릿한 미소를 지으며 말했다.

"하, 그러셨군요. 이제는 세이나 아가씨와 친해졌으니 더 이상 이런 지저분한 병사로 있을 필요가 없다는 그런 말을 해주시려고 모이라고 하셨군요. 수고스럽게 뭘 그렇게까지 하십니까? 그냥, 조용히 가시지 말입니다?"

비꼬는 말투에 얼굴 또한 잔뜩 찡그려져 있는 것이 꽤나 기분이 상한 듯한 모습이었다.

루딜이 얼른 고개를 저으며 말했다.

"아, 아뇨. 할 말이란 건 그런 게 아니고……."

"아차차, 제가 잠시 망각했군요. 우리가 그동안 꽤 쥐어박고 함부로 대했으니 이제야 그 분풀이라도 하실 셈이십니까? 뭐, 그런 생각이시라면……."

그때 헐리가 제스를 저지했다.

"조용히 해라. 일단 이야기는 끝까지 들어봐야지."

"끝까지 듣고 말고 할 게 있겠습니까? 보나마나 뻔하지. 사실 우리 백작님 말고 어디 다른 귀족이 우리를 사람 취급이나 했어요? 어휴~ 그동안 우리가 반말하는 걸 어떻게 참고 있으셨을까?"

이죽거리는 모습이 보통 기분이 상한 게 아닌 듯하다.

"후우~"

루딜은 길게 한숨을 내쉬면서도 억지로 마음을 다잡았다. 이 정도 반응은 충분히 예상했던 바다. 오히려 자신이 귀족이라고 설설 기는 태도를 보여 주지 않는 게 얼마나 다행스러운지 몰랐다.

그들이 루딜에게 이렇게까지 막대할 수 있는 건 리카이엔의 훈련 덕분이었다. 귀족을 무서워하거나 그 앞에서 경직되지 않을 수 있도록 단련시킨 덕분에 이렇게 이죽거릴 수 있는 것이다. 물론, 지금의 반응은 어떻게 보면 역효과라고 볼 수도 있겠지만.

"오호라~ 이제 살살 열이 좀 받으시는 가 봅니다? 뭘 그리 참으십니……."

결국 헐리가 다시 한 번 나섰다.

"닥치고 좀 들어보자."

헐리가 꽤 묵직한 목소리로 호통을 치니 제스는 그제야 입을 다물었다.

"쳇!"

하지만 여전히 표정이 그리 좋지는 않았다. 그러거나 말거나 헐리는 제스에게서 시선을 거두고 루딜을 향해 말했다.

"계속 해 봐. 하고 싶은 말이 뭔지."

"기분 나쁘게 할 의도는 아니었는데… 본의 아니게 이렇게 되었네요. 그 부분은 정말 미안해요."

루딜은 더할 수 없이 정중한 목소리로 사과를 했다. 얼굴 역시 진심으로 미안해하는 표정이다.

눈앞의 조원들은 단순한 병사가 아니었다. 자신은 귀족이고 이들이 평민이라해서 얕잡아 보이지도 않았다. 루딜은 자신과 이들의 신분에 대해 그 차이를 조금도 생각하지 않고 있었다.

함께 전장을 뒹굴면서 얻은 전우애가 가슴 깊은 곳에 자리 잡고 있기 때문이다. 헐리는 날아오는 창을 대신 막아 준 적이 있었고, 제스는 루딜이 구해 준 적이 있었다.

서로가 목숨을 맡길 수 있는, 완벽하게 믿지 않는 한 절대 함께할 수 없는 것이 바로 '전우' 다. 루딜은 이들과 같은 전우였고, 전우애로 이어져 있는 관계였기에 저들의 태도에 대해 아무렇지 않게 생각할 수 있고, 오히려 미안해할 수 있는 것이다.

"됐고, 본론은 이제 말할 것 같은데 얼른 해라. 기다리다 속 터지겠다."

"예, 방금 프로커스 백작님을 만나고 왔는데 앞으로 열흘 후에 저는 제 본가로 돌아가야 합니다."

"그렇군. 작별 인사라도 하려고 온 것이냐?"

"아니요. 제안을 하려고 왔습니다."

"제안?"

헐리의 반문에 루딜이 무겁게 고개를 끄덕인 후 입을 열었다.

"여러 형님들을 저희 백작가의 기사로 모시고 싶습니다."

방 안에 정적이 내려앉았다. 이건 또 웬 뜬금없는 말인가. 기사로 모시겠다니.

지금도 프로커스 백작가의 기사 후보생이고, 조만간 기사가 될 예정이기는 했다. 하지만 다른 영지의 기사들은 자신들의 영지와는 기사가 되는 방법이 많이 다르다고 들었다. 사실, 프로커스 백작령의 현재 방식 역시 리카이엔이 영주가 된 후에 제대로 자리를 잡지 않았는가.

모두들 꿀 먹은 벙어리라도 된 듯 아무 말도 못하고 있는 사이, 루딜이 말을 이었다.

"프로커스 백작님의 허락은 이미 받았습니다. 단, 당사자들 스스로 결정할 일이라고 하셨습니다. 그러니 저 역시 억지로 권하지는 못하겠습니다. 그동안 함께 지낸 조원 루딜이 마음에 드는 놈이었다고 생각하신다면 함께 가 주십시오. 형님들을 중심으로 한 새로운 기사단을 꾸릴 생각을 가지고 있으며, 최고의 대우를 해드릴 것을 약속합니다."

"흥! 그런다고 넙죽 '감사합니다~' 할 줄 아셨습니까? 됐습니다. 어차피 여기서도 기사가 될 거고, 여기 대우도 괜찮은 편입니다. 제길, 누구 놀리는 것도 아니고. 그래도 뭐 좀 미안하긴 하셨나 봅니다? 선심 쓰듯 자리라도 하나 던져 주시니 말이요?"

제스가 여전히 이죽거렸다. 하지만 목소리를 꽤 심하게 떨리고 있었다. 루딜이 이런 이야기를 꺼낼 줄 몰랐기 때문인지 자신의 말대로 놀리는 것 같아 흥분했기 때문인지는 알 수가 없다.

루딜이 고개를 저으며 말했다.

"선심 쓰듯 자리를 던져 주려는 게 아닙니다. 형님들을 중심으로, 우리 가문의 핵심 기사단을 구성하기 위해서입니다. 돌아가면 프로커스 백작가의 훈련 방식을 본떠 새롭게 군대를 편성할 예정인데 그것도 맡아서 좀 해 주셨으면 해서 말이지요."

이번 전쟁에서 프로커스 백작군이 보여 준 활약은 대단했다. 그 엄청난 체력과 사기를 바탕으로 적진을 휩쓸기 시작하면, 대부분의 적들을 파죽지세로 무너져 내렸었다. 전쟁 후반에는 프로커스 백작군이라는 말만 들어도 적군의 사기가 뚝 떨어졌을 정도였다.

그 모든 것이 리카이엔이 평소 병사들을 혹독하게 다루며 지옥을 넘나드는 훈련을 시켜 왔기 때문이라는 걸 루딜은 잘 알고 있었다.

군대에 있어서 체력이라는 것은 자신감의 원천이며, 그렇게 견고하게 쌓아 올린 자신감은 여간해서는 무너지지 않는다는 것을 깨달은 것이다.

그렇다고 그 방식을 똑같이 사용할 수 없으리라는 것은 잘 알고 있었다. 폴덴바인 백작군의 방식에 적절히 섞어서 사용할 생각이었다. 그런 훈련에 대한 반발이 만만치 않을 것이라는 걸 잘 알기 때문이다.

"쳇!"

제스가 고개를 홱 돌리며 다른 쪽으로 시선을 던졌다. 하지만 표정은 꽤 누그러진 상태였다.

그 모습에 조금 자신감을 얻은 루딜이 농담하듯 이야기를 마무리했다.

"대우해 드리는 만큼 분명히 고생은 하실 겁니다. 절대 공으로 드리는 자리가 아니니까요. 그래도 어지간하면 같이 가시죠. 동생 얼굴 봐서 큰맘 한 번 먹어 주세요."

루딜의 이야기가 끝나자 헐리가 천천히 고개를 끄덕이며 말했다.

"네가 하는 말은 잘 알아들었다. 그래도 그게 쉽게 결정할 수 있는 일이 아니라는 것 정도는 알고 있지?"

"물론이죠."

"그래, 그러면 조용히 기다려. 우리도 차분하게 생각 좀 해 볼 테니."

"예."

"그런데 계속 여기 숙소를 쓸 거냐?"

헐리의 질문에 루딜이 그런 건 왜 물어보느냐는 얼굴로 대답했다.

"당연하죠."

"어지간하면 내성으로 가라."

"네? 왜요?"

"귀족인 걸 알았는데 이제 와서 막대하고 구박하기도 힘들어서 말이다."

루딜이 뒤통수를 긁적이며 말했다.

"그래도 되는데요?"

"버릇 들어서 안 돼. 그러니 괜히 성가시게 하지 말고 내성으로 돌아가. 어지간하면 훈련할 때도 아는 척하지 말고."

가만히 듣고 있자니 헐리의 태도가 의외로 냉정했다. 마치 붙었던 정 떼려는 것 같은 모습이었다.

당황한 루딜이 황급히 말했다.

"그, 그래도 아는 척도 하지 말라는 건……."

"얘기했지? 우리도 차분하게 생각할 시간이 필요하다고."

"예……."

"그러니 일단은 내성으로 돌아가라."

"알았어요."

루딜이 밖으로 나간 후, 조원들이 초롱초롱한 눈으로 헐리에게 시선을 모았다.

"형님 어떻게 할 겁니까?"

"와, 나 정말 한마디도 못하고 있었네. 어찌나 놀랐는지."

"가실 겁니까?"

"저놈이면 약속도 잘 지키지 않을까요? 초빙까지 하는데 가는 것도 나쁘지 않을 것 같은데……."

거의 동시에 쏟아내는 질문. 아무래도 조장의 역할을 하고 있는 헐리의 의견이 가장 궁금했던 것이다.

하지만 헐리는 파리라도 쫓듯 손을 휘저었다.

"그걸 왜 나한테 물어, 이놈들아. 혼자 잘 생각해 봐라. 나도 고민 좀 해 봐야 되겠으니까."

"그, 그런 게 어딨습니까? 같은 조인데 살아도 같이 살고, 죽어도 같이 죽어야지!"

"지랄하네. 얼른 나가 이것들아! 훠어이, 훠어이!"

Chapter 4.

죽음의 술법

숙, 슈슉!

굵은 땀방울이 이마에서 시작해 갸름한 볼을 타고 흘러 턱 끝에 맺혔다가 금세 후두둑 떨어진다.

탁, 타닥!

쉴 새 없이 발이 움직이고, 손에 들린 롱소드 또한 날렵하게 바람을 갈랐다.

"헉, 헉헉!"

턱까지 차오른 숨이 더 이상 견디지 못하고 격한 소리와 함께 입밖으로 토해진다.

"후우, 후우우우!"

검을 뻗은 자세 그대로 호흡을 고른다.

어느새 호흡이 가라앉고 숨소리가 작아지면서 거칠게 오르내리던 어깨 또한 안정되었다. 하지만 손에 쥔 검을 움직이지는 못한다.

그 자세 그대로 굳은 듯 멈춰 고운 아미를 잔뜩 찌푸린다.

'도대체 어떻게 하는 거지?'

이미 온몸이 땀으로 흥건했다. 얼마나 수련을 했는지 어깨는 말할 것도 없고 온몸이 욱신거린다.

하지만 고통 때문에 인상을 찌푸리고 있는 것이 아니었다.

한 달을 넘게 조르고 졸라 억지로 배운 오빠의 검술. 하지만 이상하게 오빠가 하는 것처럼 되지가 않았다.

'에이, 또!'

오빠가 이 검술을 가르쳐 주면서 수없이 강조한 말은 하나였다.

'느리게. 하지만 끊어지지 않게. 할 수 있는 한 가장 느리게 검을 휘둘러라. 그러지 않으면 이 검술을 제대로 쓸 수 있는 날은 오지 않을 것이다.'

수도 없이 강조했던 느린 검술.

실제로 오빠도 이 검술을 가르쳐 주면서 시전을 할 때, 한 없이 느리게 검을 휘둘렀다. 보고 있노라니 하품이 날 지경이었다.

하지만 아무리 그 말을 머릿속으로 되뇌며 휘둘러도 어느 순간 검은 날카롭고 빠르게 바람을 가르고 있었다.

'자기도 모르게 빠르게 휘두르려는 유혹에 빠질 것이다. 하지만 그것을 이겨야만 이 검술이 완성되는 법. 스스로를 절제하지 못하면 절대 이 검술을 완성할 수 없다.'

하지만 그 유혹은 쉽사리 이길 수 있는 것이 아니었다. 수도 없이 이 검술을 펼쳐 보았지만, 단 한 번도 그 유혹을 이기지 못했다.

방금 펼쳤을 때도 그것을 이기지 못하고 결국 숨이 막힐 때까지 힘껏 휘둘러 버린 것이다.

"후우우~"

결국 다시 한 번 펼쳐 보는 것을 포기한 세이나가 터벅터벅 걸음을 옮겨 수련장 가에 있는 의자에 털썩 주저앉았다.

"으음……."

검을 내려놓고 수건으로 땀을 닦은 세이나의 아미가 또 한 번 찌푸려졌다.

생각하고 싶지 않은 것이 떠올라 버린 탓이다. 사실 그 생각을 하지 않으려고 검을 휘둘렀는데, 끝나고 나니 오히려 그 생각만 해일처럼 밀려들어 저절로 짜증이 솟구칠 지경이었다.

"오빠도 정말 너무해!"

루딜과 나란히 결혼에 대해 이야기를 들은 지 오늘로서 9일째였다. 내일이면 대답을 해야 했다. 하지만 아직까지 마음을 정하지 못하고 있었다.

사실 얼마 전까지만 해도 '결혼'이라는 것을 생각해 본 적이 없었다. 평생 결혼 안 하고 프로커스 성에 살겠다던 그녀의 입버릇은 그냥 하는 말이 아니었다. 진심으로 하는 말이었다. 적어도 그 말을 내뱉을 때는 분명 그랬다. 평생 멋있고 비할

데 없는 오빠 곁을 지키려고 생각했다.

그런데 자신이 언젠가부터 그런 말을 하지 않고 있다는 것을 며칠 전에야 깨달았다. 특별히 루딜과 친해져서는 아니었다. 그보다 오래전부터 그녀는 그 말을 입에 담지 않고 있었다.

행동이라는 건 결국 마음을 대변하는 것. 그 말을 하지 않고 있다는 것을 깨닫는 순간, 세이나는 더 이상 과거처럼 오빠를 열심히 쫓아다니지 않고 있다는 것도 함께 깨달았다.

그리고 그러한 때에 루딜이 마음속에 들어온 것이다. 혹은 그 전부터 루딜을 마음에 품고 있었을 수도 있었다. 자신이 의외로 루딜에 대한 사소한 것들을 다 기억하고 있다는 것을 알게 된 후부터 든 생각이었다.

하지만 그럼에도 불구하고 결혼이라는 건 역시 간단하게 말할 수 있는 게 아니었다. 인간의 인생에 있어서 가장 큰 변화. 그것이 결혼이라는 것이다.

그런 어려운 일을 단 열흘 만에 결정을 하라니.

"제정신이 아닌 바에야!"

괜히 분이 차올라 저도 모르게 버럭 소리를 질러 버렸다.

그나마 다행스러운 점은 그 사이에는 오빠가 결혼에 대해서는 절대 입에 담지 않는다는 정도. 그래도 열흘은 너무 심하지 않은가.

그날부터 루딜도 일부러 만나지 않았다. 만나서 이야기를 하면 갈피를 못 잡고 섣불리 결정을 내릴 것 같았기 때문이다.

"하아~"

버릇처럼 긴 한숨을 내쉬었다. 그러다 장난스럽게 눈동자를 굴리며 홀로 중얼거린다.

"에이, 그냥 눈 질끈 감고 해 버려?"

그러다 갑자기 팔짱을 꼭 끼고는 심각하게 생각에 잠겼다. 장난하듯 스스로에게 던진 말이었는데 가만히 생각해 보니 뭔가 이상했다.

'왜 이렇게 머리 싸매고 고민하는 거지?'

그리고 그 답을 구하기 위해 스스로에게 다른 질문을 하나씩 던진다.

'루딜이 싫어서?'

고개를 저었다. 싫지는 않았다. 지난 9일 동안 많은 생각을 했고 스스로에게도 수도 없이 물었다. 절대 루딜이 싫은 게 아니었다. 오히려 그 녀석만 생각하면 괜히 얼굴이 달아오르고 히죽거리며 웃곤 했다.

'결혼하기가 싫어서?'

그것도 아니다.

'무서워서?'

그 역시 아니다. 지금까지 오빠 말고 누굴 무서워해 본 적이 없었다. 천천히 기억을 더듬어 보니, 리온 자작령과의 영지전 당시에 리온 자작의 동생인 지터에게 죽을 뻔했을 때도 겁을 먹지 않았다.

전혀 새로운 환경을 접해야 한다는 게 무서울 리도 없었다. 왕립 아카데미에 갔을 때도 오빠와 떨어지는 게 싫었지 그런 게 무섭거나 하지는 않았다.

그런데 결혼, 혹은 루딜이 무서워서 고민할 이유가 없다.

'으음… 이거……'

세이나의 얼굴에 불만스러운 표정이 가득했다. 하나하나 따져 보니 자신이 왜 고민하는지 이해가 가지 않았다.

하지만 고민이 되는 것은 분명했다.

"아악! 젠장, 도대체 뭐야?!"

생각을 하고 또 해도 정리는커녕 머릿속이 복잡해 지기만 할 뿐이었다.

"망할, 그냥 확 해 버릴까 보다!"

그러고 보면 당장 결혼하라고 하지도 않았다. 일단 마음의 결정만 해 두라고 했다.

"정말 그냥 한다고 해 버릴까? 결혼하는 것도 아니고 약속만 하는 거니까 뭐, 나중에라도 마음에 안 들면 파혼하면 되는 거잖아."

더 이상 생각하기가 싫어서인지, 아니면 정말 결혼이 하고 싶어서인지 그녀의 생각은 점점 그쪽으로 향해 가고 있었다.

그렇게 한참을 씨근덕거리던 세이나가 갑자기 벌떡 일어나 내성으로 성큼성큼 걸어갔다.

"땀을 너무 흘렸네. 목욕이나 해야겠다."

그렇게 내뱉은 세이나의 표정이 어딘가 홀가분해져 있었다.

§   §   §

"으음……."

메넨의 눈가에 주름이 짙어졌다.

"흐음……."

눈가에 이어 미간에도 잔뜩 주름이 잡히고, 이마의 주름 역시 깊게 골이 팬다.

"흐음……."

"후우~"

결국 메넨의 입에서 힘겨운 한숨이 새어 나왔다. 벌써 30분째다. 그런데도 리카이엔은 몸은 미동도 하지 않은 채 쉬지 않고 고개를 갸웃거리며 입으로는 끊임없이 같은 소리만 흘리고 있었다.

'뭐지? 뭘까?'

그리고 메넨의 머릿속에 떠오르는 의문. 하지만 메넨은 거세게 솟구치는 호기심을 애써 억눌렀다.

지금 리카이엔이 손에 들고 있는 것은 발신인이 표시되어 있지 않은 한 통의 편지. 영지의 분위기에 대해 대략적으로 알고 있는 메넨은 저 편지가 영지를 떠난 누군가의 보고서라는 것을 짐작하고 있었다. 이미 여러 번 저러한 보고서가 올라왔었기 때문이다.

하지만 리카이엔이 저런 반응을 보인 것은 처음이었다. 뭔가 이해하기 어려운 내용이 씌여 있으리라. 그렇기에 더욱 궁금했다. 어지간해서는 잘 놀라지 않고, 웬만한 내용은 단 번에 그 속사정까지 꿰뚫어 보는 백작님이 저렇게나 이해하지 못하는 게 무슨 내용일까?

'뭐지? 뭘까?'

또다시 고개를 치켜드는 호기심이라는 녀석. 메넨은 힘겹게 고개를 가로저었다.

리카이엔의 아버지, 데인이 백작이 되던 시절부터 프로커스 백작가의 집사가 되어 지금까지 온 메넨이었다. 자신이 궁금해해도 될 것과 아닌 것을 거의 본능적으로 구분할 수 있었다. 그리고 지금 리카이엔의 손에 들린 것은 자신이 궁금해해서는 안 될 것이라는 느낌이 강하게 들었다.

"아!"

그때 리카이엔이 갑자기 탄성을 지르며 벌떡 자리에서 일어섰다.

결국 메넨이 참지 못하고 물었다.

"아, 알아내셨습니까?"

메넨이 보고서의 내용도 모르면서 급히 물었다. 하지만 리카이엔은 고개를 가로저었다.

"아니, 하지만 알아낼 수 있는 사람이 있을 것 같아."

"네?"

"뭐, 그렇다고. 그럼 일 봐."

말이 끝나기가 무섭게 리카이엔은 성큼성큼 자신의 집무실을 나섰다.

'아……. 도대체 뭐지?'

메넨은 끝까지 고개를 갸웃거렸다.

집무실을 나선 리카이엔은 마구간으로 향했다. 그리고는 황급히 고개를 숙이는 마구간지기의 인사를 대충 받아 넘기고는 곧장 안장으로 뛰어올라 말을 달리기 시작했다.

내성을 벗어나 일직선의 길을 달려 외성까지 벗어난 리카이엔이 쉬지 않고 달려 도착한 곳은 바이론인들이 머물고 있는 마을이었다.

"할망구!"

안장에서 풀쩍 뛰어내린 리카이엔의 외침에 테하스의 집 문이 열렸다.

"누가 죽기라도 했느냐? 뭐가 그리 급한 것이야?"

테하스의 물음에 리카이엔이 품에서 뭔가를 꺼내 내밀었다.

"웅? 이게 무엇이냐?"

"읽어 보슈."

고개를 갸웃거리며 보고서로 시선을 돌린 테하스가 갑자기 미간에 주름을 잡았다.

"이건……?"

"이상하지 않소?"

말없이 고개를 끄덕인 테하스가 리카이엔에게 손짓을 하며 집 안으로 들어갔다.

"우선은 들어오너라."

"나는 아무리 봐도 잘 모르겠던데, 할망구라면 알지 않을까 싶어서…… 어? 있었네?"

테하스의 뒤를 따라 집안으로 들어가던 리카이엔이 흠칫 놀란 표저을 짓더니 손을 흔들었다. 집 안에 프리엘라가 있었던 것이다.

"흥, 여기가 내가 사는 집인데 여기 있는 게 이상해요?"

"아니 뭐, 그런 건 아니고… 쩝!"

리카이엔이 피식 웃으며 말을 하고 있는 사이, 프리엘라는 뒤도 돌아보지 않고 방 안으로 들어가 버렸다. 그 모습에 리카이엔은 뒤통수를 긁적이며 테하스의 맞은편에 앉았다.

리카이엔이 영지로 돌아온 지 석 달. 지난 석 달 동안 프리엘라는 리카이엔에게 말할 수 없이 쌀쌀맞은 태도를 보이고 있었다.

모렐리아 공화국에서 있었던 일 때문이다. 테하스가 자신을 프로커스 백작령으로 보낸 이유에 대해, 사실대로 말하지 않았던 일로 아직까지 기분이 상해 있는 것이다.

"할망구 제자도 성격 한 번 참……."

"어쩌겠느냐? 아직 나한테도 가끔은 그러는데."

"허, 진짜요? 할망구ㄹ-면 껌뻑 죽더니만……."

"그만큼 섭섭했던 게지. 그나저나 이 보고서 말이다."

테하스가 리카이엔에게서 받았던 종이를 흔들며 운을 뗐다. 리카이엔이 기대 어린 표정으로 상체를 앞으로 내밀며 급히 물었다.

"뭐, 짐작 가는 거라도 있소?"

편지는 게인의 과거 행적을 조사하기 위해 떠났던 라울이 보낸 것이다.

그런데 보고서의 내용이 문제였다.

게인이 갓난아기 때부터 무려 여섯 번이나 사는 지역을 옮 겼으며, 그의 부모들부터가 누군가의 밀정으로 살았었던 것 같다는 내용이었다. 물론, 여기까지는 흔하지는 않지만 충분 히 있을 수 있는 일이었다.

이상한 점은 그 다음 내용이었다.

왕립 아카데미의 도서관에서, 게인과 그의 부모가 옮겨 다닌 시점과 해당 영지에서의 사건들을 정리한 라울은 자신의 생각이 틀리지 않았다는 것을 확신할 수 있었다. 게인이 영지를 옮긴 시점에, 이전에 살던 영지에서는 반드시 커다란 사건이 일어났 기 때문이다. 종류는 가지각색이었다. 영주가 급사를 한다거나, 영주의 정치적 성향이 돌변하기도 하고 역병이 돌기도 했다.

하지만 그뿐이었다. 그 외에 편지를 보낸 인물에 대한 단서 는 발견할 수가 없었다. 영지에서 일어났던 사건에 아무런 공통점이 없기 때문이었다.

다시 길이 막힌 라울은 전체 영지의 사건을 모두 훑어내 공통점을 끄집어내는 것이었다. 기간 역시 게인과 그의 가족들이 움직인 시점보다 훨씬 앞당겨 광범위한 시간대로 잡았다.

엄청난 양의 자료를 뒤져야 하는 작업이었지만, 라울의 비상한 기억력이 있었기에 불가능한 일은 아니었다.

그리고 몇 날 며칠을 도서관에서 살다시피 한 라울은, 결국 거기에서 무언가를 찾아냈다. 거리가 멀기는 했지만 다른 영지에서도 비슷한 사건들이 있었던 것이다. 사건의 종류는 다르지만, 시간대가 기묘하게도 겹쳤다. 게인이 있었던 영지에서 사건이 일어난 시점에, 멀리 떨어진 다른 영지에서도 어떤 사건이 발생한 것이다.

약간의 단서를 잡은 라울은 정리한 사건들을 토대로 가까운 영지를 찾아 뒤지기 시작했다. 그리고 문제의 사건이 발생한 시점에 다른 영지로 이주해 간 가족들이 없는지 물어물어 찾아 헤맸다.

그리고 거기에서 모골이 송연해지도록 괴상한 사실을 발견했다.

해당 시기에 다른 영지로 이주해 간 가족들 중 다음 사건이 일어난 영지로 이주해 간 가족들만을 추려냈는데, 그중에 게인의 가족과 똑같은 모습을 한 가족들이 있었던 것이다.

물론, 그곳에 사는 사람들의 기억에 의존한 것이기는 했지만 게인의 특징, 그 부모의 특징이 거짓말처럼 똑같았다.

마치 동시에 여러 명의 게인이 있었다고밖에 볼 수 없는 일이었다.

혹시나 하는 생각에 다음 영지로 가서 탐문을 했지만 결과는 마찬가지. 이번에도 게인과 똑같은 특징을 지닌 가족의 흔적이 발견됐다. 물론 이전 영지와 마찬가지로 주민들의 기억에 의존한 것이었지만, 이렇게까지 겹치는 부분이 많을 수는 없었다.

그래서 급하게 리카이엔에게 보고서를 올린 것이다. 하지만 리카이엔 역시 이렇게 이상한 일은 겪은 적이 없기에 답을 낼 수가 없었고, 결국 혹시나 하는 생각으로 테하스를 찾아온 것이다.

리카이엔의 물음에도 테하스는 쉬이 말을 하지 않았다. 하지만 얼굴에 떠오른 표정이 아주 심각했기에 리카이엔은 확실히 무언가 알고 있다고 확신했다.

그리고 한참이나 지난 후에 테하스가 입을 열었다.

"네 예상대로 이것은 우리 바이론인의 클리머스일 가능성이 크다."

"역시!"

"그것도 죽음과 관련된 클리머스……."

"죽음과 관련된 술법?"

"그렇다. 아마 이 가족은 죽은 시체를 이용해 만든 인형일 가능성이 크다."

"흡!"

리카이엔이 저도 모르게 헛바람을 들이켰다. 바이론인 술법과 관계가 있을 거라는 생각은 했지만, 이런 이야기를 듣게 될 줄은 몰랐기 때문이다.

"과거의 바이론 왕국에서도 절대적으로 금지하던 클리머스다. 절대 알아서도 안 되고 퍼져 나가서도 안 되는 것이라, 혹 이것을 익힌 자가 있다면 군대가 움직였을 정도다."

"하아~ 그런데 할망구도 우리 영지에 와서 게인을 만난 적이 있을 텐데 눈치 채지 못했소?"

"이 인형들은 완벽하게 사람과 똑같다. 실제로 만든 자가 아니라면 절대 눈치 챌 수 없을 정도다."

"그게 가능한 일이오?"

"가능하니 이렇게 존재하는 것 아니겠느냐? 하지만 완전히 맥이 끊어졌다고 알려져 있었는데……."

테하스가 사색에 가까운 얼굴로 중얼거렸다. 이 사악하기 짝이 없는 술법을 쓰는 자가 아직도 존재한다는 사실은 그만큼 충격적이었다.

잠시 뭔가를 고민하던 리카이엔이 조심스레 물었다.

"그 인형은 정말 인간과 완벽하게 똑같소?"

"외형적이나 지니고 있는 기운은 완벽하게 똑같지. 하지만 역시 만들어 낸 인형이다 보니 모든 면에서 완벽하게 똑같지는 않다. 일단 수명이 30년 안팎으로 짧고, 생명을 유지하기 위해서는 주기적으로 인간의 피를 섭취해야 한다."

"그렇군. 그러면 어째서 그렇게 똑같이 생긴 인형들을 만든 거요? 이왕이면 전혀 다른 모습으로 만드는 게 훨씬 나을 텐데?"

"그건 클리머스의 수준에 따라 다르다. 만들어 낼 수 있는 인형의 숫자도, 모습도 한계가 있지. 인간이라는 존재를 인위적으로 만들어 낸다는 것이 그만큼 어렵기 때문이다."

"그렇군. 이거 참, 어처구니없고 황당하네. 그럼 그 인형들의 뒤를 캘 방법은 전혀 없는 거요?"

리카이엔의 물음에 테하스가 조심스레 말했다.

"한 가지 있기는 하다."

"음, 정말이오? 혹시 그 역시 술법으로?"

"그렇지. 하지만 그 인형을 직접 만나야만 한다."

"흐음, 다른 곳에 있는 인형들이 아직 움직이고 있는 것 같으니, 라울에게 추적을 하라고 하면 될 거요."

잠시 고민하던 테하스가 짓궂은 미소를 지으며 말했다.

"됐다. 프리엘라에게 놈들을 조사하라고 하면 되겠구나."

순간, 리카이엔이 흠칫하며 되물었다.

"음? 프리엘라 말고 다른 사람은 없수?"

테하스가 재고의 여지도 없다는 듯 딱 잘라 말했다.

"없다."

하지만 사실은 최근 들어 자신에게 불퉁거리는 프리엘라를 골려 주려는 생각이었다. 물론, 그로 인해 리카이엔이 고생을 하겠지만, 그 역시 테하스에게는 작은 여흥이었다.

"쩝, 알았수. 조만간 수도로 갈 건데 그때 같이 가자고 해 주쇼."

"흘흘흘, 알았다."

§   §   §

"야, 도대체 제론 백작은 왜 안 된다는 거냐?"

사람이 가득한 식당 안. 구석진 자리에 앉아 있던 볼프가 갑갑해 죽겠다는 표정으로 버럭 소리를 질렀다. 그런 볼프의 얼굴을 가만히 쳐다보던 엘리샤가 피곤한 얼굴로 물었다.

"하아~ 나랑 무려 석 달을 같이 다녔는데 아직도 감이 안 온단 말이냐?"

"그러니까 석 달을 같이 다녔잖아. 지금까지 니가 만난 사람들을 보면 제론 백작도 충분히 괜찮아 보이는데 왜 안 된다는 건데?"

"후우~"

엘리샤가 버릇처럼 긴 한숨을 내쉬었다. 그리고는 더 설명할 기력도 없다는 듯 볼프의 어깨를 툭툭 두드린 후 설레설레 고개를 저었다.

"이, 이… 지금 날 무시하는 거냐? 아우~ 성질 같아서는 한 대 콱 쥐어박고 싶은데…….."

자신을 대하는 태도에 울컥한 볼프가 최대의 인내심을 발휘

한다는 듯 미간에 잔뜩 주름을 잡으며 말했다. 하지만 엘리샤는 그런 것 정도로 기가 죽을 성격이 아니었다.

"니가 그렇게 느꼈으면 그런 거겠지."

"뭐, 뭐라고! 그럼 진짜 날 무시했단 말이야?!"

"내가 아니라고 한다그 니가 믿을 거냐?"

"이이익!"

"됐다. 괜히 머리 아프게 고민하지 말고, 그냥 내가 가는 대로 따라오기나 해."

결국 볼프의 오른손이 번쩍 위로 치켜 들렸다. 그리고 입으로는 괴성을 토해 낸다.

"아아아악!"

콰아앙, 와장창창!

요란한 소리가 식당 안에 크게 울려 퍼졌다. 동시에 소란스럽던 식당이 찬물을 끼얹은 듯 조용해지며, 홀에 있던 모든 이들의 시선이 볼프에게로 쏠렸다.

볼프가 식탁을 내려치면서 식탁에 놓여 있던 음식 접시들이 죄다 바닥으로 떨어져 내렸던 것이다.

"젠장, 여자를 쥐어박을 수도 없고……."

볼프가 식탁을 내려친 주먹을 부들부들 떨면서 중얼거리는 말에, 엘리샤가 잔뜩 인상을 찡그리며 말했다.

"먹을 것도 때리면 안 되거든?"

그 사이 식당의 점원과 주인이 후다닥 달려오고, 식당 안의 사람들은 다시 식사에 열중했다.

"죄송해요. 깨진 접시들은 모두 변상하도록 할게요."

주인이 뭐라고 말을 꺼내기도 전에 엘리샤가 사과와 변상을 이야기해 주인의 입을 막아 버렸다.

달려온 점원이 깨진 접시와 흩어진 음식들을 치운 후 돌아가자, 엘리샤가 뭔가 큰 결심을 한 듯 말했다.

"좋아. 내가 오늘 크게 선심 쓴다."

볼프가 볼멘 목소리로 시큰둥하니 되물었다.

"뭘?"

"듣기나 해. 넌 왜 제론 백작을 영입하려고 하는 건데?"

"그야……. 자료를 보고 괜찮을 거 같아서."

리카이엔은 엘리샤가 원하는 정보가 있을 때 언제 어디서든 그것을 얻을 수 있도록 조치를 취해 놓았었다. 물론, 정보를 제공받는 곳은 아트룸 길드―정확하게는 아트룸 길드의 하부 점조직―였고, 그런 권한을 준 사람은 조엘이었다.

단, 아트룸 길드 내부의 평가 모두 삭제한 채 객관적인 사실과 관련된 사건에 대한 정보들만 기재된 자료였다. 이는 엘리샤가 따로 요구한 부분이었는데, 주관적인 평가가 있을 경우 판단력이 흐려질 가능성이 컸기 때문이었다.

볼프가 지금 말한 자료가 그 아트룸 길드의 정보 문건이었다.

"그러니까 그 자료의 어떤 부분?"

"응? 우선은 외부에서의 평가가 좋은 사람이잖아. 영지민들 사이에서의 칭송도 자자하고. 보니까 영지 재정도 단단한데다 병력들도 꽤 강군이더구만. 신중한 성격이라 많은 생각을 한 후에야 결정을 내리지만, 한 번 결정한 것은 절대 물러서는 법이 없지. 이 정도면, 우리가 하는 말을 가볍게 생각하지도 않을 것이고 그 음침한 놈들에 대한 이야기를 들으면 영지민들을 위해서라도 나서 줄 거라고 판단했다."

꽤 긴 볼프의 설명이 끝나자 엘리샤가 저도 모르게 멍한 표정으로 그를 보았다. 그 모습을 본 볼프가 팔짱을 낀 채 으스댔다.

"훗, 내가 이 정도까지 생각할 줄을 몰랐던 모양이지?"

마침내 엘리샤의 입에서 허탈한 웃음이 터져 나왔다.

"허, 허허, 겨우 그걸르?"

"뭐? 이 정도면 충분하지 뭐가 또 필요한데?"

"쯧. 우리가 하는 일이 뭔지 아직 이해 못했지?"

"지금 날 바보 취급하냐? 모르긴 왜 몰라?"

"그런데 고른다는 게 제론 백작이냐?"

엘리샤의 거듭된 타박에 볼프가 갑갑한 표정으로 물었다.

"아, 도대체 뭐가 문젠 건데?"

엘리샤는 답답하다는 표정으로 긴 한숨을 내쉬며 물로 목을 축인 후 입을 열었다.

"뻔히 보이는 조건이 다니라 됨됨이를 가장 먼저 봐야지!"

"그러니까 아까 말했잖아. 평가도 좋고, 영지민들도 칭송하는 영주잖아!"

"그건 어디까지나 그 사람들 평가지 니 평가가 아니잖아. 그리고 사람의 됨됨이를 보려면, 타인의 눈이 아니라 자신의 눈으로 보는 게 맞는 거다."

"그러니까 일단 만나 봐야지. 어차피 아니다 싶으면 기억을 지울 거잖아."

"이미 아니라는 걸 아는데 뭐하러 굳이 찾아가는 수고를 해야 되냔 말이다."

단호한 엘리샤의 말에 볼프가 고개를 갸웃거리며 물었다.

"만나 보지도 않고 어떻게?"

"사람의 됨됨이라는 건, 그 사람의 행동만 봐도 어느 정도는 알 수 있는 법이거든."

"행동?"

"그래, 행동."

"무슨 행동?"

이해 못한 볼프의 물음에 엘리샤가 피곤한 얼굴로 말했다.

"보고서 봤다며?"

"봤지."

"그런데도 모르냐? 그 사람이 지금까지 했던 정치적인 행동이나 결정, 그로 인한 결과. 주변, 혹은 관련된 사건들 속에서 그 사람이 택한 노선. 뭐, 그런 것들이 다 행동인 거지."

"흐음, 그럴 수도 있겠네?"

볼프가 그제야 납득한 표정으로 고개를 끄덕였다.

"그러니 제론 백작은 안 된다는 거야."

"흐음, 그 사람 행동이 어땠는데?"

"행동도 행동이지만, 행동 전에 봐야 할 게 있어. 제론 백작령은 특별히 곡창지대나 광산이 있는 것도 아니고, 그렇다고 상업이 발달한 것도 아니고 본인이 상단을 운영하는 것도 아니야. 듣자 하니 영지민들한테 세금도 적게 받아. 그런데도 제론 백작령의 살림은 풍족하고, 군대는 보급 상태가 훌륭하며, 백작 본인의 생활도 꽤 호화스러운 편이야. 뭔가 앞뒤가 안 맞는 것 같지 않아?"

"조상 대대로 물려받은 재산이 많을 수도… 아, 아닌데? 제론 백작의 선대는 꽤 가난한 편이었는데, 지금의 백작이 영주가 되면서 부유해졌다고 들었는데? 어디서 돈이 생겼지? 몰래 보물이라도 얻었나? 흐음……. 넌 그게 뭔지 아는 거냐?"

볼프의 물음에 엘리샤는 고개를 저었다.

"뭐? 그런데?"

"특별히 외적으로 보이는 수입이 없음에도 불구하고 꽤나 풍족하고 부유하다면 이유는 하나뿐이지. 어디선가 지저분한 돈을 벌어들인다는 뜻이야."

"흠, 그랬으면 우리가 본 자료에도 나와 있어야 하는 거 아니야?"

"아니지. 정보 길드라고 해서 모든 정보를 소상하고 완벽하게 갖추고 있을 필요는 없어. 기본적인 자료만 가지고 있다가,

필요할 때 정보를 수집해야지. 상황이라는 건 변하게 마련인데, 그 시시각각으로 변하는 자료들을 일일이 기록하고 모아놓는다는 건 비효율적이잖아."

"으음, 그것도 그러네. 아무튼, 그렇다고 해도 영지민들 사이에서는 칭송이 자자하잖아. 돈이야 뭐 좀 구리게 벌어도 사람만 괜찮으면 된 거 아니냐?"

"지저분한 돈으로 축재를 하고, 그 돈을 이용해 일부러 보란 듯이 영지민들을 보살핀다. 게다가 같은 귀족들이나 정계에서도 평이 좋다. 이게 뭘 뜻할까?"

그런 식으로는 생각해 보지 않았던 볼프가 당장 떠오르는 것이 있을 리가 없었다. 그저 고개를 저을 뿐.

"명예에 대해 집착을 가지고 있는 인간이라는 뜻이야. 더러운 돈을 모으더라도 겉으로 보기에는 호인인 척 어진 영주인 척한다는 건, 외부에서 보여지는 자신의 모습에 더 신경을 쓴다는 거지. 아주 단순하게 말하자면 겉과 속이 다른 음험한 놈이라는 뜻이다."

"호오, 듣고 보니 그것도 그러네?"

"그러니 다른 건 따져볼 필요도 없이 영입 대상에서 제외된 거다. 알겠냐?"

"뭐, 알았어. 다음부터는 좀 더 자료를 살펴보고 깊이 생각을 하도록 하지."

볼프의 말에 엘리샤가 와락 인상을 구기며 괴로운 표정을 지었다. 지금 볼프가 한 말은, 앞으로도 계속 영입 대상에 대해 이야기를 할 것이라는 뜻이었다. 그리고 엘리샤에게는 그 말이 앞으로도 계속 이런 설명을 다 늘어놓아야 한다는 뜻으로 들린 것이다.

하지만 말린다고 될 일이 아니라는 건 이미 잘 알고 있었다. 괜히 하지 말라고 했다가는 더 괴로울 뿐이었다.

"하아~ 그래라. 니 마음대로 해라."

그때 후드를 깊이 눌러쓴 한 사내가 식당 안으로 조용히 들어와 볼프의 옆자리에 앉았다.

영입을 실패했을 때, 영입 대상의 기억을 일시적으로 지우기 위해 동행하고 있는 바이론인 술법사 오벨드였다.

"오늘은 빨리 끝났네요?"

엘리샤의 말에 오벨드가 고개를 끄덕였다.

"예, 레이슨 자작이 꽤 부주의한 사람이라 손쉽게 마무리가 되었습니다."

오늘 오전에 만났던 레이슨 자작의 영입을 실패했었고, 오벨드가 혼자 남아 그의 기억을 지우고 돌아온 것이다.

지금까지 세 번 정도 이럴 때가 있었는데, 오벨드는 그때마다 혼자 남아 처리를 하기를 원했다. 위험할 수도 있으니 같이 남겠다고 했지만, 절대 혼자서만 해야 한다고 고집을 피우는 바람에 어쩔 수 없이 오벨드 혼자만 늦게 돌아온 것이다.

"수고했어요."

엘리샤가 고개를 끄덕이며 다시 식탁에 놓이기 시작한 음식으로 손을 뻗었다.

"이제 슬슬, 구(舊)델로스 왕국 지역으로 넘어가야겠어요. 루오 왕국 지역은 지난 전쟁에서 가장 큰 피해를 입은 탓에 만날 사람이 별로 없네요."

"알겠습니다."

두 사람의 대화에 우걱우걱 음식을 먹어 치우던 볼프가 구시렁거렸다.

"왜 만날 나만 빼놓고 그런 얘기하냐?"

하지만 엘리샤와 오벨드는 음식을 먹는데만 열중할 뿐이었다.

§　　　§　　　§

"으음, 설마 한 명도 안 오는 건 아니겠지?"

이제 겨우 동이 터오는, 아침이라기보다는 새벽에 더 가까운 이른 시간. 옅게 내리 깔린 안개 속에서 루딜이 불안한 표정으로 중얼거렸다.

오늘은 다름 아닌 프로커스 백작령을 나서는 날. 길다면 길고, 짧다면 짧았다고 할 수 있는 프로커스 백작령에서의 생활을 마무리하고 폴덴바인 백작가로 돌아가는 날이었다. 그리고 조원들과 약속했던 그날이기도 했다.

지난 열흘간, 루딜의 머릿속에는 오직 그 생각밖에 없었다. 세이나와의 결혼 이야기는 굳이 고민할 필요가 없는 이야기였다. 자신이 이곳에 온 이유가 세이나인데 고민할 게 뭐 있겠는가.

하지만 조원들이 자신을 따라가 줄지에 대한 것은 아주 걱정스러운 일이었다. 그만큼 조원들과 함께 돌아가고 싶은 마음이 간절했다. 같이 전장을 누비면서 쌓이는 전우애라는 것은, 경우에 따라서는 남녀 사이의 애정보다도 더욱 끈끈한 무언가가 있기 때문이다.

루딜은 초조한 표정으로 점점 밝아오는 동녘 하늘과 기사막사를 번갈아 보았다. 함께 떠날 마음을 먹은 조원들은 이곳으로 나오기로 약속을 했기 때문이다. 그래서 아침 동이 트기도 전부터 나와서 기다리고 있었던 것이다.

한편으로는 설레고, 또 한편으로는 불안하다.

"헐리 형님은 분명히 오겠지? 그리고 또……."

루딜이 누가 나올지 한 명, 한 명 조원들의 이름을 꼽기 시작했다. 마음 같아서는 모두 나와 주었으면 하는 바람이지만, 아마 그렇게까지는 되지 않으리라 생각한다. 모든 사람들이 자신의 제안을 편안하게 받아들일 수는 없다는 걸 잘 알기 때문이다.

"그래도 절반 정도는……."

그때였다.

저벅, 저벅.

안개 너머로 묵직한 발소리가 들려왔다. 급히 소리가 들린 쪽으로 고개를 돌렸다.

기사들의 막사 쪽. 안개 때문에 얼굴이 구분되지는 않지만 누군가 이쪽으로 다가오는 것이 보였다.

'누, 누구지?'

처음으로 오는 사람은 누굴까?

루딜이 기대가 잔뜩 어린 표정으로 다가오는 그림자를 뚫어져라 보고 있는 사이, 꽤 가까이 다가온 그림자가 먼저 입을 열었다.

"흐음, 너, 아니, 루딜 공자님 평소에 인망을 참 못 쌓으셨던 모양입니다?"

"헉!"

루딜이 저도 모르게 헛바람을 들이켰다. 전혀 생각지 못한 목소리였기 때문이다.

"제스 형!"

"쳇, 이제 형이라고 부르지 마십쇼. 괜히 적응 안 되니까."

그 사이 얼굴을 알아볼 수 있을 정도로 두 사람 사이의 거리가 가까워졌다. 루딜이 눈을 비비며 다시 한 번 얼굴을 확인했다. 역시나 제스였다.

그날 가장 화를 냈던 제스가 가장 빨리 나와 주다니. 갑자기 눈물이 핑 돌 것 같았다.

"그래도 지금까지 형이라고 불렀는데……."

하지만 제스는 거세게 손사래를 쳤다.

"아아, 됐습니다. 루딜 공자님한테 계속 형이라고 불리면 내가 천지 분간 못하고 날뛸 거 같으니 그러지 마십쇼."

제스의 거센 반응에 루딜이 천천히 고개를 끄덕였다. 생각해 보니 제스의 말이 맞다. 어차피 영지로 돌아가게 되면 아버지나 어머니 등 집안 어른들의 눈도 있고, 기존 기사들의 시선도 있었다. 괜한 반발을 일으킬 수도 있는 문제는 만들지 않는 것이 좋았다.

"아, 알았어요."

"말도 편하게 하십쇼."

"으, 으응……."

루딜이 힙겹게 고개를 끄덕였다.

"쳇!"

그런 루딜의 모습에 제스가 여전히 시큰둥한 얼굴로 고개를 돌렸다.

호칭이나 말투의 문제는 사실 헐리의 생각이었다.

루딜을 따라 나서기로 마음먹는다면, 루딜에게 제대로 된 호칭과 존대를 사용하라고 당부를 했기 때문이다. 그리고 사실 생각해 보면 그러는 쪽이 맞았다.

"뭐, 아무튼 앞으로 잘 부탁합니다."

"무, 물론이지."

"그리고 약속하셨던 섭섭지 않은 대우도 꼭 지키십시오."

"알았다니까."

루딜이 크게 고개를 끄덕였다.

그리고 또 다른 발자국 소리가 다가오기 시작했다.

"어, 어어!"

한 명, 두 명. 다가오는 발자국이 하나둘 늘어나기 시작했다.

"고마워!"

한 사람 늘어날 때마다 루딜은 그들의 손을 잡고 진심으로 감사의 인사를 건넸다.

그렇게 하나둘 사람이 늘어나더니, 루딜을 제외한 아홉 명의 조원들 중 무려 여섯 명이나 되는 조원들이 모였다. 많아야 절반인 다섯 명 정도를 생각했던 루딜의 기대를 훨씬 웃도는 결과였다.

하지만 가장 기다리던 사람이 보이지 않았다. 누구를 더 원하고, 누군가를 덜 원한 것은 아니었지만 그래도 꼭 와 주었으면 하는 한 사람. 루딜이 병사가 되어 훈련을 받고, 전쟁을 치르는 동안 가장 많은 도움을 받았고, 가장 의지가 되었던 그가 오지 않았다.

"허, 헐리 형님은?"

조금은 당황한 루딜이 저도 모르게 '형님'이라는 호칭을 붙이며 물었다.

"모르겠습니다. 우리도 끝까지 서로 어떻게 할지 의견을 나누지 않고 각자 알아서 생각을 했었거든요."

제스의 대답에 루딜이 마른 입술을 핥았다. 입이 바싹바싹 타들어 가는 느낌이었다.

그때 안개 속에서 들려온 반가운 목소리.

"더 이상 형님이라고 부르시면 안 되지 않겠습니까?"

루딜의 두 눈이 두 배는 커졌다. 그렇게도 기다리던 헐리의 목소리였기 때문이다.

"헐리!"

루딜이 큰소리로 외치는 사이, 가까이 다가온 헐리가 꾸벅 인사를 했다.

"잘 부탁드립니다, 공자님."

"고, 고마워!"

떨리는 목소리로 말하는 루딜을 보며 헐리는 피식 미소를 지어 보였다. 그리고는 주변을 둘러보며 의외라는 얼굴로 중얼거렸다.

"허, 나까지 일곱 명? 꽤 많이 왔네? 게다가 제스 너도 온 거냐? 크큭, 대우 잘해 준다니까 혹한 모양이다?"

"쳇, 잘 알면서 뭘 새삼스레 물어보슈?"

"크크크크, 뭐 아무튼 의외로 많이 모였네. 새삼 반갑다, 이 놈들아. 앞으로도 잘해 보자."

헐리의 말에 조원들이 고개를 끄덕였다. 그런 그들을 향해 묵직하게 고개를 끄덕여 준 헐리가 루딜을 향해 말했다.

"안 온 두 놈은 뭐 그놈들 나름의 이유가 있을 테니 너무 섭 섭해 하지는 마십시오."

"음?"

루딜이 고개를 끄덕이면서도 입으로는 의문을 표했다. 아직 시간이 많이 남았는데도, 더 이상 오지 않을 거라는 듯 말했기 때문이다.

"안 온 두 놈은, 어젯밤에 기사 막사에서 안 자고 병영에서 잤습니다. 괜히 마음이 약해지기가 싫었던 모양이더군요."

"아아……."

"우리 가족들은 나중에 우리가 확실하게 자리를 잡으면 연락을 해 부를 생각이니, 가자마자 그것부터 부탁드립니다."

헐리의 말에 루딜이 제 가슴을 탕탕 두드리며 말했다.

"걱정 마. 이래 봬도 폴덴바인 백작가의 장남이라니까!"

아까의 걱정은 어느새 잊었는지 루딜의 얼굴에 기분 좋은 미소가 떠올랐다.

새벽 어스름이 걷히고 아침을 맞이한 프로커스 백작성의 내성 정문 앞. 팔짱을 끼고 서 있던 리카이엔이 점점 가까워지는 발소리에 고개를 돌렸다. 그리고는 피식 웃어 보이더니 툭하고 말을 던졌다.

"생각보다 군생활 잘한 모양이군."

루딜과 함께 온 기사 후보생들을 보고 한 말이었다.

"하하, 그런 모양입니다."

루딜이 뒤통수를 긁으며 쑥스러워했지만, 리카이엔의 시선은 뒤에 있는 헐리와 기사 후보생들에게 향해 있었다. 그리고 짓궂은 미소를 지으며 물었다.

"내 밑에 있는 게 싫은 모양이지?"

헐리가 대표로 앞으로 나섰다.

"싫다기보다는… 뭐, 그냥 대우 잘해 준다더군요."

"음? 그래?"

"예."

"그러면 내 밑에 남으면 너희만 특별히 녹봉을 두 배로 올려 주지."

그 말을 들은 루딜이 깜짝 놀란 얼굴로 리카이엔과 헐리를 번갈아 보았다. 그리고 리카이엔의 얼굴에 떠오른 짓궂은 미소가 한층 짙어졌다.

하지만 헐리는 미소를 지은 채 천천히 고개를 저었다.

"남자가 한 입으로 두말할 수는 없지 않겠습니까?"

"흐음… 세 배는 어때?"

"크흐흐, 그냥 저희 체면 한 번 세워 주시죠? 더 하시면 진짜 마음 흔들릴지도 모릅니다."

"진짜 흔들릴 것 같으냐?"

"시험해 보시죠?"

"됐다."

"감사합니다."

두 사람이 단순히 농지거리를 한다는 걸 깨달은 루딜이 그제야 안심한 표정으로 가슴을 쓸어내린다. 그리고는 연방 내성 안쪽을 기웃거렸다.

리카이엔과 함께 나와야 할 또 한 사람이 아직 보이지 않은 탓이다.

그 모습을 본 리카이엔이 한층 얄궂은 표정으로 말했다.

"아직 시간 안 됐으니 느긋하게 기다려라."

"아, 네……."

대답은 알았다고 하지만 눈은 여전히 내성 안쪽으로 고정된 채다.

그 모습을 본 리카이엔은 어쩔 수 없다는 표정으로 어깨를 으쓱거릴 뿐 더 이상 다른 말을 하지는 않았다.

그렇게 얼마나 시간이 흘렀을까.

헐리와 소대원들이 농담으로 저러다 루딜의 목이 빠질 거라고 했던 말에 대해 진지하게 고민을 할 때쯤이었다.

자박, 자박.

가벼운 발소리와 함께 날렵한 체형의 누군가가 이쪽으로 다가왔다.

"세, 세이나……."

동시에 잔뜩 굳어 있던 루딜의 표정이 환하게 밝아졌다.

"뭐가 좋다고 그렇게 멍청하게 웃고 있는 거야?"

세이나가 새침한 표정으로 톡 쏘아붙이더니, 갑자기 베시시 웃으며 루딜을 향해 작게 고개를 끄덕였다. 그리고 루딜 역시 눈매를 부드럽게 휘며 환한 미소를 지었다.

"여어~"

"삐이이익!"

두 사람의 모습에 따라나선 조원들이 갑자기 야유와 환호, 휘파람을 불어대며 장난을 치기 시작했다. 그리고 그 소리가 커질수록 세이나와 루딜의 얼굴에 떠오른 표정이 더욱 밝아졌다.

하지만 그런 분위기가 그리 오래 갈 수는 없었다.

"결혼도 안 한 오라비 앞에서 할 짓은 아닌 것 같다, 동생아."

"헙!"

흠칫 놀란 세이나가 급히 고개를 돌려보니 리카이엔이 자신들을 쏘아보는 시선이 왠지 곱지가 않았다. 하지만 얼굴에는 뭔가 장난스러운 표정이 가득했다.

"쳇, 우리가 뭘 어쨌다고."

"시끄럽다."

"흥, 나도 됐거든. 어서 출발이나 해."

"아직 기다려. 올 사람이 한 명 남았다."

"응?"

세이나가 고개를 갸웃거리며 모여 있는 사람들의 얼굴을 살폈다. 그때 가벼운 발소리와 함께 누군가가 이쪽으로 다가왔다.

소리가 난 쪽으로 고개를 돌리던 세이나가 갑자기 반색을 하며 외쳤다.

"언니!"

게일의 일 때문에 알아볼 것이 있어 함께 수도에 가기로 한 프리엘라였다. 그녀도 세이나를 알아보고는 반가운 얼굴로 물었다.

"응? 세이나도 같이 가는 거야?"

리카이엔의 성격상 두 사람의 결혼에 대한 이야기를 했을 리가 없을 테니 모르는 것이 당연했다.

"아, 뭐 볼일이 좀 있어서요. 아무튼 언니도 같이 가면 심심하지는 않겠어요. 남자들만 있어서 좀 따분할 것 같았거든요."

"응? 언제는 오빠만 있으면 가만히 앉아만 있어도 좋다더니?"

프리엘라가 농담처럼 던지는 말에 세이나가 볼멘 목소리로 구시렁거렸다.

"평생 오빠만 바라보고 살 것도 아닌데요, 뭐."

"응?"

이해를 못한 프리엘라가 다시 물어보려고 했지만 리카이엔이 두 사람의 대화를 끊었다.

"수다는 나중에 떨고. 자, 어서 출발하자. 폴덴바인 백작가를 거쳐 수도로 간다."

리카이엔이 준비해 놓은 말들이 있는 곳으로 걸음을 옮기고, 그 뒤로 프리엘라와 세이나, 루딜, 그리고 헐리와 조원들이 차례대로 움직였다.

Chapter 5.

페르그란데

"아직도 처리하지 못했단 말이냐?"

"그, 그것이……."

"멍청한 놈! 마스터께서 자리에 안 계실 때, 이런 문제 하나 제대로 처리를 못한다면 내 얼굴이 뭐가 되느냔 말이다!"

카루안의 호통에 마주 서 있던 바이론인 사내가 황급히 부복하며 머리를 조아렸다.

"죄송합니다!"

하지만 카루안의 표정은 오히려 싸늘하게 식어 갈 뿐이었다. 그리고 무릎을 꿇은 사내가 뭐라고 말을 잇기도 전에 카루안의 손이 움직였다.

퍼엉!

손에서 무언가가 일렁이는 순간, 사방으로 피가 터졌다. 동시에 썩은 고목처럼 옆으로 툭 쓰러지는 사내. 그런 사내의 어깨 위에는 원래 자리해야 할 것이 보이지 않았다. 그저 찢겨진 듯 거칠게 잘린 목 위에 진득한 피와 허연 뇌수만이 흥건할 뿐이었다.

"아무도 없느냐!"

"예!"

카루안의 외침이 들리자마자 등에 시미터를 멘 두 명의 사내가 황급히 뛰어들어 왔다. 그리고는 이미 예상했다는 듯 카루안이 뭐라고 말을 하기도 전에 머리가 없는 시체를 들고 밖으로 뛰어나갔다.

카루안은 아직 바닥에 흥건히 고여 있는 피 웅덩이를 응시하며 한층 더 표정을 굳혔다.

'어디서 온 어중이떠중이들이…….'

페르그란세 산맥 깊은 곳에 자리한 이곳은, 그동안 써클루스가 힘을 키워 온 아주 중요한 장소였다. 100여 년 전의 그 사건으로 인해 그 힘이 급격하게 줄어든 교단이 자리를 옮긴 곳이 바로 여기다. 교단은 이곳에서 상처를 치유하고, 오랜 세월 절치부심 힘을 키운 끝에 지금의 성세를 이룰 수 있었다. 흔히 성지라 불리는 곳. 그런 곳을 정체도 알 수 없는 것들이 들쑤시고 다니는 것은 용납할 수 없는 일이었다.

"로반!"

카루안의 부름에 바닥에 고여 있는 피 웅덩이 위에 갑자기 아지랑이가 일렁이는가 싶더니 이내 한 명의 바이론인 사내가 모습을 드러냈다.

"예, 카루안 님."

"네가 이 일을 맡아 줘야겠다."

로반이 음흉한 미소를 지으며 물었다.

"저에게 맡기셔도 괜찮겠습니까? 크로한 님께서 돌아오시면 크게 역정을 내실 텐데요?"

"그건 내가 책임지겠다. 깨끗하게 처리하도록! 대신, 한두 놈 정도는 산 채로 잡아 오도록 해라."

"물론입니다. 흔적 자체를 지워 버리도록 하지요."

대답이 끝나자마자 로반 주위에 또 한 번 아지랑이가 일렁였다. 그리고 나타날 때처럼 소리 없이 조용히 사라졌다.

§　　　§　　　§

거대한 눈사태가 넓은 산비탈을 휩쓸고 지나갔다.

"푸하아!"

두껍게 쌓인 눈을 뚫고 튀어 올라온 톰이 크게 숨을 몰아쉬었다.

"켁, 케켁!"

뒤이어 튀어나온 잭이 힘겹게 기침을 토하는 사이, 하나둘 기사들이 쌓인 눈바닥에서 튀어 올랐다.

하나같이 낭패를 당한 모습으로 눈 쌓인 벌판을 뒹구는 모양새가 평소와는 아주 다른 모습들이었다.

페르온은 그 기사들 사이에서 팔짱을 낀 채 조용히 생각에 잠겨 있었다.

'이상한데?'

페르그란데 산맥으로 들어온 지 한 달이 넘었다. 그동안 여러 번 눈사태를 만났고, 그때마다 페르온은 눈사태를 미리 감지하고는 대비를 해 피해를 입지 않았다.

하지만 그것은 단순한 예감 같은 것이 아니었다. 선천적으로 타고는 그 뛰어난 감각 덕분이었다. 불어오는 바람에서부터 소리, 발바닥을 타고 오르는 감각 등을 통해 눈사태를 예견했다.

하지만 이번 산사태는 그러지 못했다. 아무런 예고도 없이 갑자기 찾아온 것이다. 그나마 다행인 건, 눈사태가 일어난 직후 그 소리를 들은 페르온이 신속하게 반응을 한 덕분이었다.

'아무런 징후도 없었다니…….'

지진이나 해일, 태풍 등의 재해가 일어나기 전 벌레들이나 짐승들이 먼저 반응을 보이는 이유는, 인간의 상상을 초월하는 감각으로 그 징후를 미리 파악하기 때문이다.

페르온이 눈사태가 일어날 것이라고 느낄 때 가장 많이 쓰는 감각은 청각이었다. 마치 물이 흐르는 듯한 미약한 소리가 들려오는 것이다. 그리고 시간이 흐를수록 그 소리가 점점 커지고, 마침내 다른 기사들의 귀에 뿌드득, 뿌드득 하는 소리가 들리게 되면 어김없이 산더미 같은 눈이 산비탈 위에서 몰아쳐 왔다.

그 소리가 꼭 누군가 우는 소리 같다는 생각에 페르온은 눈이 운다고 말을 하곤 했었는데, 이번에는 그 눈이 우는 소리가 들리지 않았던 것이다.

그야말로 아주 갑작스럽게 눈이 몰아쳐 내려왔다. 그 탓에 대비하지 못한 페르온과 기사들은 눈 더미에 파묻힐 수밖에 없었다. 만일 평범한 사람들이었으면, 눈에 깔려 압사하거나 숨이 막혀 질식사했을 것이 분명했다.

다행히도 모든 기사들이 리카이엔 때문에 무식할 정도로 단련된 몸을 가지고 있었던 덕분에 모두 눈을 파헤치고 밖으로 올라올 수 있었던 것이다.

어쨌든 중요한 것은 아무런 징후도 없이 눈사태가 일어났다는 점이다. 아무리 생각해도 부정할 수 없는 분명한 위화감이 느껴졌다.

자연에서 일어나는 일에 위화감이 느껴진다는 말은, 곧 인위적이라는 뜻이나 다름없었다. 그것도 자신들을 노리고 일부러 만들어 낸 눈사태.

'다시 나온 모양이군!'

페르온의 두 눈에 형형한 안광이 떠올랐다.

며칠 전, 눈사태에 깔려 죽은 두 명의 바이론인을 발견한 후 그 흔적을 쫓아 움직였다 페르온의 그 선택이 옳았는지, 다음 날부터 정체를 알 수 없는 괴인들의 공격을 받기 시작했다. 그것도 바이론인들이 쓴다던 마법과 비슷한 클리머스를 사용하는 자들이었다.

그동안 페르그란데 산맥을 헤매고 다닌 것이 적어도 헛수고는 아니라는 뜻이었다. 그러나 이곳에서 놈들을 만났다는 것이 꼭 근거지가 있다는 뜻은 아니었다. 페르온으로서는 그것을 확인해야 했고, 그때부터 공격해 오는 놈들과의 치열한 싸움이 며칠 동안이나 이어졌다.

하지만 서로가 원하는 바를 이루기가 쉽지 않았다. 놈들의 공격은 크게 위험을 감수하지 않는 선에서 행해졌고, 그 탓에 페르온과 기사들은 공격을 수월하게 막는 대신 놈들을 제대로 잡지 못했다.

그런데 그러던 것도 요 이틀간 뚝 끊어졌다. 놈들을 잡아야만 제대로 된 확인이 가능한데 그러지를 못하니 공격이 없어서 안타까운 상황이 된 것이었다.

하지만 페르온은 포기하지 않았다. 처음 찾았던 흔적이 가리켰던 방향을 가늠해 지금 이곳까지 왔다. 그리고 방금의 눈사태로 자신이 제대로 찾아왔다는 걸 알 수 있었다.

기사들은 아까부터 페르온이 혼자 생각에 잠겨 있는 모습에 숨죽인 채 기다리고 있었다.

그리고 페르온의 손이 움직였다. 미리 만들어 놓은 수신호. 아주 간단하지만 때에 따라서는 복잡한 내용까지도 전달할 수 있는 방법이었다.

겔드론이 3조 기사들을 데리고 왼쪽으로 움직이고, 잭이 5조 기사들과 함께 오른쪽으로 움직였다. 그리고 톰의 4조는 페르온과 함께 산비탈을 오르기 시작했다.

뿌드득, 뿌드득!

눈 밟는 소리가 신중하게 산비탈 타고 위쪽으로 올라갔다.

'어디냐?'

페르온이 오감을 완전히 개방한 채 사방을 살폈다.

작은 숨소리, 미세한 마나의 움직임, 발에 밟힌 눈이 천천히 녹아내리는 소리. 그 어떤 것도 페르온의 감각에서 벗어날 수 없었다.

그렇게 약 50여 미터를 올라갔을 때쯤이었다.

"모두 피해!"

페르온의 일갈이 터져 나오는 시점에서 이미 기사들이 사방으로 흩어지고 있었다.

콰아아아앙!

동시에 폭음과 함께, 조금 전까지만 해도 페르온과 4조의 기사들이 있던 자리가 완전히 터져 나갔다. 그리고 멀찍이 피한 페르온이 큰소리로 외쳤다.

"겔드론! 정면 10미터!"

파바바박!

쌓인 눈이 헤쳐지는 소리가 급격하게 울려 퍼지는가 싶더니 겔드론을 선두로 한 십여 명의 기사들 비탈의 정면을 향해 뛰어오르고 있었다.

"흐아아아앗!"

우렁찬 기합과 함께 붕 뛰어오른 겔드론이 철창을 겨누며 온몸으로 떨어져 내렸다.

3조 기사들 역시 순식간에 흩어지는가 싶더니, 순식간에 반원의 대형을 만들어 겔드론과 함께 한 지점을 향해 쇄도했다.

콰콰콱, 파아악!

우악스러운 소리가 퍼지는가 싶더니 갑자기 단단하게 쌓인 새하얀 눈바닥에서 시뻘건 핏줄기가 솟아올랐다.

"크아아악!"

비명이 터져 나온 것은 그 다음이었다. 그리고 붉게 물든 눈바닥이 꿈틀거리며 세 명의 복면인이 밖으로 기어 나왔다. 하지만 이미 온몸이 꿰뚫린 다음.

하지만 겔드론과 기사들은 쉴 틈이 없었다.

삐이익!

페르온이 짧은 휘파람을 부르는 순간, 원래의 위치로 돌아가 페르온과 속도를 맞추어 산비탈을 오르기 시작했다.

"콰아아앙!"

채 얼마 올라가지도 않아 페르온을 향해 터져 나온 공격. 이번에는 오른쪽이었다.

"잭! 전방 우측 20미터!"

페르온의 외침에 잭과 5조 기사들이 철창을 휘두르며 쇄도했다. 그리고 또다시 새하얀 눈밭에 붉은 핏방울이 흩어져 떨어졌다.

톰의 4조가 미끼 역할을 하면, 공격을 하는 순간 페르온이 적의 위치를 파악하고 신호를 보내고, 좌우의 3조나 5조가 때에 따라서는 미끼 역할을 했던 톰의 4조가 숨어 있는 적들을 공격하는 것이다.

페르온의 느낌에 따르면 진짜 적이 숨어 있는 곳은 더 위쪽에 있는 거대한 바위 위였다. 거기까지 안전하면서도 가장 빠르게 올라가기 위해서는 곳곳에 숨어 있는 적들을 모두 깨부수고 가는 것이 가장 좋았다.

숨어 있는 적들을 차례차례 처리한 페르온과 기사들은 순식간에 절반을 달려 올라갔다.

그리고 다시 숨어 있던 적들의 공격.

콰아앙!

마찬가지로 페르온이 있던 자리에서 폭발이 일어났다. 순간, 페르온이 저도 모르게 고개를 갸웃거렸다.

'왜 계속 같은 공격을?'

그와 함께 온몸의 신경을 훑고 지나가는 섬뜩한 느낌.

첫 공격 때부터 뭔가 이상하다는 생각을 잠시 했다. 하지만 목표를 공격하는 시점에서 머뭇거리는 것은 있을 수 없는 일이기에 애써 무시했다.

하지만 전혀 바뀌지 않는 거듭된 단순한 공격. 한두 번이면 몰라도 그 이상 반복된다면, 의심을 하는 것이 당연했다.

'그러고 보면 공격이 생각보다 약한……'

거기까지 생각한 순간, 갑자기 페르온의 머릿속에 떠오른 무언가.

'아차!'

대경실색한 페르온이 사방을 향해 온 힘을 다해 외쳤다.

"전원 현 지역을 이탈하라!"

프로커스 백작령 기사들은 명령이 떨어지는 순간 머리가 아닌 몸이 먼저 반응할 수 있도록 훈련된 이들.

팍, 파바박!

페르온의 외침과 동시에 산비탈 곳곳에서 땅을 박차고 뛰어오르는 소리가 울려 퍼졌다.

쩌저저적!

그리고 산 전체를 뒤흔드는 굉음.

콰르릉, 콰쾅!

산이 무너지고 있었다. 정확하게는 산비탈의 바윗덩이들 곳곳이 갈라지면서 깨진 거대한 파편들이 아래로 무너져 내리고 있었다. 그리고 그 거대한 파편의 충격을 이기지 못한 눈들이 갈라지며 거대한 눈 더미가 뒤섞이기 시작했다.

놈들의 반복적이고 일관된 공격은, 페르온과 기사들을 노린 것이 아니라 산사태를 일으키기 위한 준비였던 것이다.

콰지지직!

"크아아악!"

미처 피하지 못한 기사 한 명이 무지막지한 압력과 함께 날아든 바윗덩이에 파묻혔다.

"크악!"

"아아악!"

연달아 비명이 터지고 순식간에 다섯 명의 기사들이 덮쳐든 바윗덩이에 내리 깔렸다.

"제길!"

페르온이 분한 목소리로 외쳤지만 그가 할 수 있는 일은 아직 살아 있는 기사들을 구하는 것이었다.

콰르르륵!

집채만 한 바윗덩이가 또 한 명의 기사를 향해 무서운 속도로 굴러 내려갔다.

"피해, 이 멍청한 새끼야!"

페르온이 버럭 소리를 지르며 두 손에 쥔 철창을 있는 힘껏 휘둘렀다. 목표는 바윗덩이가 아니라 그 앞에 있는 기사.

퍼어어억!

휘두른 창대에 맞기는 했지만, 공격이 목적이 아니라 멀리 날려 주는 것이 목적이었다. 창대의 힘을 받은 기사가 땅을 박차며 몸을 날리고, 페르온 역시 황급히 뒤로 발을 뺐다.

콰앙, 콰콰콰쾅!

산사태의 충격이 산 전체를 두드리고, 그 힘이 오랜 세월 쌓여 있던 만년설을 무너트리기 시작했다. 산사태와 함께 산 전체에 눈사태가 일어난 것이다.

"뛰어!"

산사태의 굉음 사이로 페르온의 절규에 가까운 외침이 울려 퍼졌다.

"크으윽!"

페르온의 입에서 짙은 신음이 새어 나왔다.

눈을 뜨는 것조차 버거울 정도로 힘이 하나도 없었다. 온몸을 두드려 맞은 듯한 뻐근한 통증에 숨 쉬는 것도 힘겹다.

빠드드득!

하지만 이대로 누워 있으면 안 된다는 걸 알기에 이를 악문채 두 손으로 차가운 바닥을 밀며 몸을 들어 올렸다.

"허억, 헉!"

가쁜 숨을 몰아쉬니 시린 공기가 폐 속에 가득 들어오며 멍했던 정신이 조금씩 맑아졌다.

"빌어먹을!"

눈에 들어온 광경은 한마디로 폐허였다. 아무것도 없던 설산에 폐허라는 말이 어울리지는 않겠지만, 적어도 페르온의 느낌으로는 그러했다.

두꺼운 눈 밑에 덮여 있던 땅과 암벽들이 산사태와 눈사태로 인해 완전히 헐벗은 듯 맨살을 드러내고 있었는데, 듬성듬성 자라 있던 나무들은 밑동이 부러지거나 뿌리째 뽑혀 흉하게 뒹굴고 있었고, 암벽이 깨지고 땅이 까뒤집어져 곳곳에 거대한 구덩이가 파여 있었다. 그리고 그 위에 쓸려 내려온 눈과 흙이 뒤덮여 있었다.

"망할 놈의 새끼들!"

버럭 욕지거리를 내뱉은 페르온이 몸을 힘겹게 몸을 일으켰다. 온몸의 마디마디의 관절들이 부러졌다는 착각이 들 정도로 욱신거렸다.

"크으윽!"

이를 악문 채 끝까지 몸을 바로 세운 페르온은 불어오는 찬바람을 온몸으로 맞으며 다시 한 번 정신을 다잡았다.

온몸을 얼릴 듯한 차가운 바람을 온몸으로 맞으니 정신이 완전히 맑아졌다. 덕분에 아직 가시지 않은 격한 통증이 한층 심해졌지만, 지금은 몸이 중요한 게 아니라 맑은 정신을 유지하는 것이 더 중요했다.

'다들 무사해야 될 텐데⋯⋯.'

가장 먼저 드는 생각은 주변을 아무리 살펴봐도 보이지 않는 기사들의 행방이었다.

'어떻게 하나?'

불가항력으로 서로 흩어지게 될 경우, 무조건 산을 내려가 준비해 두었던 은신처에서 모이기로 약속을 해 놓기는 했다.

페르그란데 산맥 남쪽, 그로니스 제국의 북부에 있는 켈비온 자작령에 자리한 마을이었다.

하지만 페르온 자신은 미리 움직일 수가 없었다. 그 산사태로 인해 죽은 사람은 없는지, 혹은 놈들에게 잡혀 간 사람은 없는지 확인을 해야 되기 때문이다.

그때였다.

"여기도 있다!"

페르온의 오른쪽, 꽤나 높이 쌓여 있는 바위 더미 너머에서 누군가의 외침이 들려왔다.

'흡!'

깜짝 놀란 페르온이 황급히 몸을 낮추었다.

'이런 멍청한 짓을!'

납작하게 엎드린 페르온이 잔뜩 인상을 찡그리며 스스로를 나무랐다. 아무리 높이 쌓여 있다 해도 겨우 바위 더미 너머였다.

그곳에서 사람이 움직이고 있는 것조차 감지하지 못했다는 것은, 감각이 무뎌져서가 아니라 제대로 정신을 차리지 않고 있다는 뜻이기 때문이다.

'으음… 다섯인가?'

눈을 감은 채 들려오는 소리만으로 바위 더미 너머의 상황을 살핀 페르온이 천천히 몸을 일으켰다. 그리고 바위 더미를 빙 돌아 반대쪽을 살폈다.

'이런, 겔드론이!'

등에 시미터를 멘 다섯 명의 복면인들이 넘어진 나무에 깔려 정신을 잃고 있는 겔드론을 포박하고 있었던 것이다.

그 모습을 본 페르온의 두 눈이 가늘게 좁혀졌다.

'포박을 한다는 것은 아직 살아 있다는 뜻인데…….'

일단은 살아 있다는 생각에 조금은 안심이 되었다. 문제는 이제 어떻게 움직이느냐 하는 것.

'심문을 하려는 것인가?'

죽여 버릴 생각이라면 포박할 필요가 없다. 그렇다면 생포해서 끌고 가겠다는 의도이고, 그 이유는 아마 이쪽의 정체를 캐내기 위해서 일 것이다

'지금 구해야 하나? 아니면…….'

잠시 고민하던 페르온이 조심스럽게 뒤로 물러나 몸을 숨겼다. 지금 당장 겔드론을 구한다고 해결될 문제가 아니기 때문이다.

겔드론이 이렇게 포박당해 끌려간다면, 미처 피하지 못한 기사들도 같은 꼴을 당할 것이 뻔했다. 그렇다면 놈들의 뒤를 밟아 겔드론만이 아니라 생포 당한 모든 동료들을 구해야 했다. 게다가 놈들을 따라가다 보면, 이곳에 와서 그토록 찾아 헤메던 놈들의 근거지까지 알아낼 수 있을 것이다.

'후우!'

페르온은 힘겹게 호흡을 억누르며 마음을 다잡았다. 눈앞에

서 겔드론이 끌려가는 것을 보니 당장이라도 뛰쳐나가 구해야겠다는 충동이 솟구쳤기 때문이다.

페르온이 그렇게 마음을 다스리고 있을 때였다.

"끄으윽, 큭! 헉, 뭐하는 놈들이냐! 날 어디로 끌고 가는 것이냐?!"

고통에 겨운 겔드론의 목소리가 귓전으로 파고들었다. 힐끔 고개를 내밀어 보니, 손발이 완전히 포박당한 겔드론이 질질 끌려가고 있는 모습이 보였다.

"후우!"

페르온은 다시 한 번 힘겹게 호흡을 골랐다. 여기서 뛰쳐나가 겔드론을 구했다가는, 다른 동료들을 구할 수 있는 기회를 놓칠 수도 있기 때문이다.

"큭, 크억!"

산사태로 인해 곳곳이 날카롭고 울퉁불퉁해진 비탈 바닥에서 사지를 묶인 채 끌려가니 그 고통이 이루 말할 수 없는 듯, 겔드론의 입에서는 연방 격한 신음이 터져 나왔다.

페르온은 그 신음을 애써 무시하며 조심스레 걸음을 옮겼다.

"산을 완전히 뒤집어 놨더군."

카루안이 인상을 찡그리며 하는 말에 로반이 비릿한 미소를 지으며 말했다.

"간단하면서도 확실하게 놈들을 처리하기에는 좋은 방법이지 않습니까? 그래도 이곳에는 아무런 영향이 없도록 했습니다만? 마음에 들지 않으시는 거라도……."

"아니다."

"크흐흐, 그럼 나중에 마스터께 말씀 잘 부탁드립니다."

"내가 책임지겠다고 말했으니 그리할 것이다. 어쨌든 잡아 온 놈들은?"

"예, 다섯 놈 정도를 잡아 왔는데… 행동거지는 아무리 좋게 봐도 용병놈들인데, 모여서 움직일 때 보면 체계가 잘 잡혀 있는 것이 기사단인 것도 같습니다. 원하신다면 제가 직접 알아보도록 하지요."

"네가? 큭, 죽이지나 않으면 다행이겠군. 그건 내가 따로 알아볼 테니 신경 끄도록 해라."

"알겠습니다. 어쨌든 놈들은 심문실에 가둬 놓았습니다."

"알았다. 이만 물러가도록."

"이름은?"

무미건조한 목소리가 울려 퍼지며 방 안에서 작게 메아리친다. 그리고 누군가 쉬어 터진 목소리로 대답했다.

"킬킬, 몇 번을 말하냐? 니 할애비라니까!"

휘이이잉!

날카로운 소리와 함께 촘촘하게 가시가 박혀 있는 채찍이 피투성이가 된 가슴팍을 후려친다.

촤아아아악!

촘촘한 가시가 이미 피부가 헤져 버린 가슴팍의 속살에 착 달라붙었다가 그대로 살점을 한 움큼 베어 물고 되돌아왔다.

"끄으으윽!"

이를 악물고 참아 보지만 결국 입에서는 억눌린 비명이 터져 나왔다.

"네놈 소속이 어디냐?"

채찍을 든 고문기술자가 여전히 무미건조한 목소리로 물었다. 하지만 의자에 묶여 있는 기사, 겔드론의 대답은 한결같았다.

"키키킥, 그것도 몇 번이나 말했을 텐데?"

촤아아악!

여지없이 채찍이 허공을 갈랐다.

"끄아아아악!"

결국 겔드론의 입에서 단말마에 가까운 비명이 터져 나왔다.

"소속이 어디냐?"

"크크큭, 니 애미 기둥서방이다, 이 개새끼야! 아차, 내 새끼면 개새끼는 아니겠는데? 낄낄!"

온몸은 물론 얼굴까지 피로 범벅이 된 겔드론은 그렇게 웃었다. 그렇게 고문을 견디는 것이다.

고문기술자가 손에 들고 있던 채찍을 내려놓고는 오른쪽의 벽으로 향했다. 벽에는 보기만 해도 끔찍한 고문 도구들이 즐비하게 놓여 있었다.

그 모습을 본 겔드론이 여전히 웃으며 말했다.

"크크크큭, 이번엔 또 뭘 하려고? 손발톱을 뽑을… 아니지, 이미 다 뽑았으니 뽑을 게 없군. 손톱 밑의 살도 이미 다 헤져서 바늘도 못 꽂을 것이고……. 아, 불로 지지는 건 좀 참아라. 고기가 당겨서 미치겠거든."

그때 고문기술자가 벽에 걸려 있던 도구들 중 하나를 집어 들었다. 집게처럼 생긴 물건인데, 집게의 끝부분이 상당히 뾰족하게 잘 갈려 있었다.

"어? 그건 또 뭐하는 거냐? 처음 보는 건데?"

겔드론이 여전히 억지로 웃으며 고문기술자를 비웃듯 농담을 던지는 사이, 성큼성큼 다가온 고문 기술자가 불쑥 손을 내밀었다.

"뭐하… 어억!"

딱딱하게 굳은살이 박인 손바닥이 거칠게 겔드론의 턱을 잡더니, 엄지와 검지로 양쪽 볼을 눌러 입을 벌리게 했다.

"크크큭, 이거 설마… 끅!"

양 볼을 눌러 발음이 제대로 되지도 않는데 겔드론은 여전히 말을 했다. 하지만 더 이상은 말을 할 수가 없었다. 놈의 비어 있는 손이 겔드론의 입속으로 들어와 혀를 잡아당긴 탓이다.

젤드론의 눈동자가 한껏 아래로 내려가 잡아당겨진 자신의 혀를 보았다. 이번만큼은 꽤나 긴장을 했는지 눈꼬리가 격하게 떨리고 이마에서는 주르륵 식은 땀이 흘렀다.

철컥!

아니나 다를까. 놈이 든 집게가 활짝 벌어지더니 일말의 망설임도 없이 젤드론의 혀를 집어 버렸다.

푸욱!

날카로운 집게가 젤드론의 혀를 아래위를 뚫어 그대로 이를 악다문다. 동시에 집게를 든 놈의 손이 뒤로 당겨졌다.

"으어어어어억!"

혀를 잡아당겨진 상태라 제대로 된 말은 고사하고 비명조차 나지 않는다.

"크륵, 크르르륵!"

뚫려 버린 혀에서 울컥울컥 피가 솟아 목구멍으로 넘어갔다가, 비명에 섞이며 이내 피거품으로 바뀌었다.

"끄으으으으윽!"

젤드론의 의사와는 무관하게 두 눈에서 눈물이 줄줄 흘러내렸다. 의자에 묶인 상태인데도 부들부들 격하게 몸이 떨렸다. 몸이 이미 통제를 벗어나 제멋대로 날뛰는 것이다.

그 죽을 것 같은 고통에 젤드론은 자신도 모르게 마음이 약해졌다. 이대로 가다가는 고통에 못 이겨 사실을 말해 버릴 것 같았다.

'제길, 이놈의 인생은 재수도 우라지게 없네!'

그 상황에서 겔드론의 머릿속에 든 생각이었다.

'젠장할! 나 먼저 간다. 이 형은 그냥 확 뒈지는 게 나을 것 같다. 니들은 살아라!'

자신과 함께 차례차례, 하루가 멀다하고 고문을 당했던 다른 기사들을 향해 마음속으로 크게 소리쳤다. 그리고 아직도 눈물이 줄줄 흐르는 두 눈으로, 자신의 혀를 뽑아 버릴 기세로 당기고 있는 놈을 노려보았다.

방금까지 격하게 흔들리던 겔드론의 눈동자가 어느새 강렬한 안광을 뿜어내고 있었다.

'고마웠습니다, 백작님!'

또 한 사람에게 마음속으로 크게 외친 겔드론이 두 눈을 질끈 감았다. 죽는 순간 보는 얼굴이 저 재수 없는 고문기술자라는 건 마음에 들지 않기 때문이다.

그리고 억지로 벌려진 턱에, 이에 온 정신을 집중했다.

고문기술자도 뭔가 이상하다는 것을 느꼈는지 무미건조한 얼굴에 처음으로 당황하는 표정이 떠올랐다.

그때였다.

콰아아아앙!

"흐아아아아앗!"

갑자기 거센 굉음과 함께 우렁찬 기합이 방 안을 메아리쳤다. 깜짝 놀란 고문기술자가 황급히 뒤로 돌아보는 순간.

슈우우우욱!

세찬 파공성과 함께 시린 기운을 가득 담은 무언가가 날아
들었다.

푸우우욱!

그리고 뭔가 생각을 할 틈도 주지 않고 뱃속으로 싸늘하면
서도 뜨거운 무언가가 박혀 들었다.

"억!"

짧은 비명과 함께 고문기술자의 몸뚱이가 옆으로 서서히 넘
어갔다. 그리고 고문기술자의 손에 들려 있던 집게 역시 힘을
잃고 바닥으로 떨어져 내렸다.

쩔그렁!

고문기술자가 옆으로 넘어가고 겔드론의 눈에 들어온 한 사
람. 그 모습을 확인한 겔드론이 울음기 가득한 목소리로 외쳤
다.

"이런 씨펄!"

황급히 겔드론을 묶고 있는 밧줄을 끊어내는 이는 다름 아
닌 페르온이었다.

"움직일 수 있겠냐?"

페르온이 차마 겔드론의 얼굴은 보지 못하고 불쑥 창을 내
밀었다.

"지랄, 그걸 말이라고 하는 거요!"

겔드론이 입에서 쉬지 않고 피를 튀기며 불분명한 발음으로 외쳤다. 그리고 보란 듯이 일어나, 내밀어진 철창을 붙잡았다. 고문으로 인해 온몸이 만신창이가 되어 서 있는 것조차 힘겨운지 철창에 기대 몸을 지탱했다. 하지만 두 눈에서는 시퍼런 살기가 줄기줄기 뿜어져 나오고 있었다.

"여기 개새끼들 다 도륙을 내고 나갈 거요!"

상태를 보면 절대 괜찮지 않아 보였지만, 겔드론이 그렇게 괜찮다고 말을 한다면 무슨 수를 써서든 괜찮아지겠다는 뜻이다.

그때였다.

"침입자다!"

땡땡땡땡!

사방에서 요란한 종소리가 울리고, 다급한 발소리가 몰려왔다.

페르온이 다급한 목소리로 물었다.

"다른 애들은?"

"옆방이요."

"가자!"

"크큭, 늦게 온 건 나중에 따집시다!"

§　　　§　　　§

폴덴바인 백작령은, 브렌 왕국의 수도인 에델슈트와 남부 아크로니아 산악지대의 중간에 위치한 영지였다. 영지의 남쪽에는 브리온 산과 폴덴바인 산이라는 두 개의 산이 있었는데, 둘 다 방대하고도 질 좋은 철광이 묻혀 있는 광맥이 있어 대대로 폴덴바인 백작령의 주 수입원이 되었다.

폴덴바인 백작가가 브렌 왕국 중남부 지역의 명문가로 자리 잡는데도 이 거대한 광맥이 많은 역할을 했다.

프로커스 백작령에서 수도를 간다면 폴넨 강의 물줄기를 타고 올라가 다시 말을 달리면 되지만, 폴덴바인 백작령의 경우에는 그렇게 가면 너무 돌아가기에 리카이엔은 육로로 이동을 하고 있었다. 그 길로 가면 서두를 경우에는 열흘 정도, 넉넉하게 움직이면 보름이면 닿는 거리였다.

"내일이면 폴덴바인 백작령에 들어서겠군."

리카이엔의 말에 뭔가 골똘히 생각에 잠겨 있던 루딜이 화들짝 놀라며 고개를 끄덕였다.

"아, 그러네요."

"그런데 오랜만에 집에 가는데 표정이 왜 그러냐?"

루딜이 아까부터 입을 꾹 다물고 있는 모습이 이상해 말을 건 것이다.

잠시 말을 할지 말지 고민하던 루딜이 무겁게 고개를 끄덕이며 입을 열었다.

"음, 그게 그러니까, 저한테 부탁하셨던 일 때문에……."

대충 무슨 일인지 짐작한 리카이엔이 슬쩍 시선을 돌려 헐리와 다른 기사들의 위치를 확인한 후, 나지막한 목소리로 물었다.

"세력을 모아 달라 부탁했던 것 말이냐?"

"예."

"무슨 문제라도?"

"문제라고 말하기는 힘듭니다. 뭐랄까… 조금 고민스러운 일 정도라고 말하면 될 것 같네요."

"무슨 고민?"

다시 한 번 듣는 사람이 없는지 확인한 루딜이 한층 목소리를 낮춰 말했다.

"우리 가문은 정복전쟁 전까지만 해도 리몬 백작과 뜻을 같이했었습니다."

"그랬지."

"그런데 이제 와서……."

루딜이 말끝을 흐리며 잠시 고민하는 표정을 지어 보였다. 리카이엔은 루딜이 무엇을 고민하는지 대충 짐작이 되었지만, 끼어들지 않고 먼저 이야기를 꺼내기를 기다렸다.

꽤 오랜 시간 망설이던 루딜이 가볍게 숨을 몰아쉰 후 입을 열었다.

"꽤 오랜 세월 뜻을 같이했던 리몬 백작과 등을 돌리고 독자적으로 세력을 모으는 것을 아버지께서 어떻게 받아들이실지 모르겠습니다."

"그러니까 리몬 백작이 거의 힘을 잃은 상태에서 등을 돌리는 것을 폴덴바인 백작께서는 도리에 어긋나는 일이라 생각하실 거라는 말이냐?"

"예, 맞습니다. 뜻을 함께했던 동맹이 힘을 잃었다고 해서 등을 돌리는 행위는 신의를 어기는 행동이라고 생각하실 겁니다."

"실제로는 그런 이유가 아닐 텐데?"

리카이엔의 말에 루딜이 조금 당황한 듯, 그리고 한편으로는 답답한 표정을 지었다.

"우리가 그 어떤 피치 못할 사정으로 그런 일을 한다 해도 외부에는 결국 힘을 잃은 동맹을 버린 신의 없는 행동으로 비춰질 겁니다."

"내가 그걸 몰라서 말한 것 같으냐?"

"그, 그럼요?"

"그게 무슨 상관이냐고 묻는 거다."

"네? 그게 무슨……."

"말 그대로다. 도대체 남들이 그렇게 보는 게 무슨 상관이냐고."

별 시답잖은 소리를 다한다는 식의 반응에 루딜은 갑자기 속에서 무언가가 울컥하고 솟구치는 것을 느꼈다.

"무슨 상관이냐고요? 그럼 상관이 없습니까? 폴덴바인 백작가가 기회만 엿보는 소인배 가문으로 낙인찍힐 일입니다. 저희에게 그런 일을 시켜 놓고 강 건너 불구경하는 태도는 조금 불쾌합니다."

뒤에 있는 사람들을 의식해 큰소리를 내지는 않았지만 목소리가 심하게 떨리는 것이 그냥 화가 난 정도가 아니다. 하지만 리카이엔은 루딜의 화를 가라앉혀 줄 마음이 없어 보였다. 아니, 오히려 화를 더 돋우기로 작정한 듯, 비틀린 미소까지 지으며 이죽거렸다.

"생각보다 멍청한 놈이었군."

"네?! 지, 지금 뭐라고 하셨습니까?!"

"고민하지 마라. 제대로 들은 거 맞으니까."

"그, 그게 무슨! 저에게 도와달라고 했으면서 그렇게 말씀하실 수 있단 말입니까?!"

루딜의 두 눈에 싸늘한 빛이 맺혔다. 얼마나 화가 났는지 고삐를 잡은 두 손은 물론 어깨를 부들부들 떨 정도였다. 하지만 리카이엔은 그런 루딜의 모습에도 여전히 이죽거리며 말했다.

"큭, 그래 인정하지. 내가 실수했다."

여전히 이죽거리는 듯하기는 했지만, 어쨌든 리카이엔이 실수를 했다고 하는 말에 루딜이 표정을 조금 누그러트렸다. 하지만 리카이엔이 말한 실수는 루딜이 생각하는 그것이 아니었다.

"너한테 그런 일을 맡기려고 생각했던 내 실수다."

"무, 무슨……!"

"이렇게 큰일을 맡을 그릇이 아니었다는 걸 내가 미처 몰랐군."

"말씀이 지나치십니다!"

"뭐가?"

"백작님은 당사자가 아니니 그렇게 쉽게 말씀하실 수 있는 것 아닙니까? 그리고 보니 백작님이야말로 자신은 뒤로 숨은 채 다른 가문에게 스스로 명예를 더럽히라고 말씀하시는군요!"

거친 숨을 몰아쉬며 어깨까지 들썩이는 것이 여차하면 검이라도 뽑아 들 기세였다. 하지만 그렇다고 한 발 물러날 리카이엔이 아니었다.

"마음대로 생각해라. 니가 그리 생각한다면 네 눈에 나는 그런 놈이겠지. 그러니 써클루스와 관련해 부탁했던 일은 없었던 걸로 하지. 아, 너무 걱정하지는 마라. 세이나와의 혼사까지 없었던 일로 하지는 않을 테니. 그릇이 작아도 자기 여자 하나는 충분히 행복하게 해 줄 수 있다는 것만큼은 인정하니까."

"이익!"

"아, 아니지. 뒤에 숨어서 다른 가문의 명예를 더럽히라고 말하는 사람의 동생과 결혼하고 싶은 생각은 아직 있나? 그럴 생각이 없다면 없었던 일로 해도 상관없다."

"그, 그건……."

루딜의 얼굴에 잠시 당황스러운 표정이 떠올랐다. 무슨 일이 있어도 세이나만큼은 포기할 수 없었다. 그리고 역시나 되돌아오는 건 비웃음이었다.

"큭, 명예는 명예고 여자는 여자인가? 어느 것 하나 포기할 수 없는 모양이군. 그러니 네 그릇이 그것밖에 안 되는 거다."

"말씀이 점점……."

화가 머리 꼭대기까지 치솟은 루딜이 뭐라고 외치려 하는 찰나, 리카이엔의 몸에서 광폭한 살기가 뿜어져 나왔다.

'흡!'

온몸을 옥죄는 듯한 무시무시한 살기에 루딜은 차가운 냉기가 등줄기를 타고 머리끝까지 솟아오르는 느낌을 받았다. 그리고 순간적인 공포로 인해 모든 것이 지워지고 백지장처럼 새하얗게 탈색되어 버린 머릿속.

자타가 인정하는 훌륭한 검사인 루딜이라도 리카이엔의 살기만큼은 제대로 받아 낼 수가 없었던 것이다.

"분명히 말하지만 네가 싫다면 억지로 시킬 마음은 없다. 하지만 만약 이 일을 외부로 발설한다면 폴덴바인 백작가를 이 땅에서 지워 버릴 것이다."

빠드드득!

루딜이 저도 모르게 이를 갈았다. 화가 나서가 아니다. 공포로 인해 사지가 벌벌 떨리는 것을 억지로 진정시키기 위해서였다.

리카이엔이 품고 있는 힘이 얼마나 무서운지를 잘 알고 있기 때문이다.

정복전쟁에서 가장 큰 공을 세웠다고 하는 프로커스 백작군, 루딜은 그 속에서 직접 무기를 들고 전장을 뛰어다녔기에 알 수 있었다. 지금의 폴덴바인 백작군으로는 절대 프로커스 백작군을 막을 수 없다는 사실을.

하지만 그보다 더 무서운 건, 리카이엔이 절대 허언은 하지 않는다는 사실이다. 그가 그렇게 말을 했다면 반드시 그렇게 하겠다는 뜻이다. 그로 인해 어떤 피해를 보더라도 해야겠다고 생각하는 것은 반드시 해내고 마는 인물.

아무말도 하지 못하고 있는 루딜을 향해, 리카이엔이 무뚝뚝한 표정으로 오른손 검지를 들어 자신의 머리를 툭툭 치며 말했다.

"생각을 해라. 그리고 제대로 보아라. 그렇지 않으면 넌 끝까지 그 정도 그릇밖에 되지 않는다."

그리고는 더 이상 할 말이 없다는 듯, 앞으로 나가 버렸다.

루딜은 그저 멍하니 앞서 가는 리카이엔의 등을 바라볼 수밖에 없었다.

Chapter 6.

혼담

"네가 겨우 이 정도밖에 안 되는 놈이었구나, 카루안."

음산한 목소리가 커다란 방 안에 나지막하게 깔렸다. 그리고 마주 서 있던 카루안이 본능적으로 황급히 뒷걸음질을 쳤다. 특별히 큰소리도 아니고, 화를 내는 것도 아닌데도 카루안의 얼굴은 이미 사색이 되어 있었다.

방금 그 말을 한 이가 다름 아닌 써클루스의 마스터, 크로한이기 때문이다.

카루안은 온몸에 경련이라도 일어난 듯 벌벌 떨며 힘겹게 입을 열었다.

"마스터, 실은……."

"그 입에 아직도 담을 말이 남았나?"

"그, 그것이… 헉!"

뭐라고 변명을 하려던 찰나, 카루안의 얼굴이 하얗게 질리기 시작했다. 그와 함께 카루안의 몸뚱이가 바닥에서 둥실 떠올랐다. 그리고 바닥과의 거리가 멀어지면 멀어질수록 카루안의 얼굴은 점점 더 하얗게 질려 가고 있었다.

"마, 마스터! 제, 제발… 아아아악!"

비명이 터져 나오는 동시에 새하얗게 질렸던 카루안의 얼굴이 시뻘겋게 부풀어 오르기 시작했다.

"끄, 끄으윽! 끄어어억!"

몸 안에 무언가가 기어들어 온 느낌. 수천만 마리의 개미 떼가 몸속을 갉아대는 듯한 그 느낌에 카루안의 입에서는 질려 버린 비명이 쏟아져 나왔다.

"시끄럽군."

방 안을 가득 메운 비명에 크로한이 인상을 찌푸리며 파리라도 쫓듯 오른손을 휘저었다.

"억, 어어, 어어억!"

순간, 카루안의 입에서 터져 나오던 비명이 갑자기 뚝 멈췄다. 벙어리라도 된 듯, 열심히 입을 벌리고 절규를 하지만 아무런 소리가 나오지 않는다.

몸속을 휘젓고 있는 그 수천만 마리의 개미들. 미치도록 가려우면서도 내장을 갉아대는 듯한 고통. 그 극한의 고통에 제대로 된 몸부림은커녕 비명조차 지르지 못한다는 것은, 그 또한 하나의 고통이다.

터져 버릴 듯 부풀어 오른 얼굴에서 점점이 피가 떨어졌다.

눈과 코, 입과 귀, 얼굴에 나 있는 모든 구멍에서 피가 쏟아져 나오기 시작했다.

"억, 어어어어억!"

여전히 비명은 나오지 않는다. 이대로 혼절이라도 해 버리면 얼마나 편할까? 아니, 그냥 단번에 죽을 수만 있어도 얼마나 행복할까?

하지만 카루안에게는 그 무엇도 허용되지 않았다.

툭, 투둑!

온몸에서 툭툭 불거진 핏줄들이 하나둘 터져 나가며 카루안의 몸을 점점 붉게 물들였다.

떨어져 내린 피가 바닥에 고이기 시작하더니 급기야 작은 피의 웅덩이를 만들어 냈다. 고인 피의 양을 보면, 카루안은 과도한 출혈로 인해 이미 죽었어야 정상이었지만 아직도 그는 살아 있었다. 고통으로 일그러져 있었지만, 아직까지 두 눈을 쉴 새 없이 움직이고 있는 것이 분명히 살아 있었다.

카루안의 목숨이 질겨서 그런 것이 아니다. 그를 허공에 띄워 놓고 피를 쥐어짜고 있는 크로한의 뜻에 의해 아직까지 살아 있는 것이다.

툭!

마지막 피 한 방울. 카루안의 몸에서 더 이상 피가 떨어져 내리지 않았다. 그리고 그 엄청난 고통 속에서 그것을 인지한 순간, 카루안의 얼굴이 더욱 기괴하게 일그러지기 시작했다.

완벽하게 공포로 일그러진 얼굴. 온몸의 피가 다 쏟아진 후 그 다음이 어떻게 될지를 아주 잘 알고 있기 때문이다.

허공에 떠 있는 카루안의 발이 바깥쪽으로 서서히 돌아가기 시작했다.

우지직!

그리고 당연하다는 듯 발목의 관절이 완전히 뒤로 꺾여 버렸다.

"어, 어억, 억!"

여전히 소리를 내지 못하는 카루안의 입에서는 꽉 막힌 비명만이 흘러나올 뿐이었다.

으득, 으득!

발목에서 시작된 뒤틀림은 무릎에서 고관절, 허리로 올라가 전신의 관절이 돌아가고 있었다. 눈앞에서 보고도 실감이 나지 않을 정도로 기괴한 광경. 하지만 뒤틀림은 아직 끝난 것이 아니었다.

전신의 관절이 모두 뒤틀리더니 급기야 온몸의 근육까지 쥐어짜듯 뒤틀리기 시작했다.

"으어, 으어억, 커, 커억!"

얼굴 근육마저도 완전히 뒤틀려 버린 카루안의 입에서 방금까지와 달리 목소리가 튀어나왔다. 극심한 고통으로 인해 나오지 않는 소리가 새어 나온 것이다.

"주, 죽여 주십시……. 끄아아아악!"

뭐라고 말을 하려 하지만, 그 마저도 비명에 묻혀 버렸다. 그리고 카루안의 몸은 원래의 형체를 알아볼 수 없을 정도로 뒤틀려 있었다. 더 이상 인간이라고 부를 수 없는 거대한 덩어리.

비명도, 억눌린 소음도 들리지 않았다. 시간은 흐르고, 원래는 카루안이었을 그 검붉은 덩어리는 점점 더 작게 쪼그라들고 있었다.

툭!

더 이상 작아질 수 없을 정도로 쥐어짜진 그 덩어리가 마침내 바닥으로 떨어졌다. 그리고 그 덩어리에서 갑자기 무언가가 새어 나와 허공에 모이기 시작했다.

검붉은 색으로 희미하게 빛나는, 미세한 먼지와도 같은 빛의 조각.

하나둘 모인 빛의 조각들은 어느새 어른 주먹만 한 크기로 커졌다.

우웅, 우우웅!

마치 울부짖는 듯한 소리와 함께 검붉게 점멸하는 빛의 덩어리에서는 금방이라도 피가 뚝뚝 떨어질 것 같은 느낌이 들었다.

그 빛덩어리를 본 크로한이 가볍게 고개를 끄덕였다.

"좋군."

마치 훌륭한 장인의 세공품을 감상하듯, 한참 동안 빛 덩어리를 살펴보던 크로한이 가볍게 손을 움직였다. 그 손길에 따라 검붉은 빛 덩어리가 허공을 부여하더니 어느새 크로한의 손바닥 위에 놓였다. 그리고 크로한의 손바닥 위에서 점점 가라앉기 시작했다. 마치, 그 안으로 녹아들 듯.

아주 오랜 시간 공을 들여 그 과정을 마무리한 크로한의 입에 만족스러운 미소가 떠올랐다. 마치, 아주 정성 들여 만든 음식을 배부르게 먹은 듯한 포만감을 음미하는 듯한 표정이었다.

"후우~"

가벼운 한숨과 함께 모든 일을 마무리한 크로한이 밖을 향해 나지막이 말했다.

"로반."

"예, 마스터."

"들어오라."

문이 열리고 로반이 얼굴이 새하얗게 질린 채로 들어와 쿵 소리가 나도록 무릎을 꿇었다.

"산을 무너트린 것이 너라고?"

"그, 그것이……."

로반의 얼굴이 사색이 되었다. 방금 이 방 안에 있던 카루안은 보이지 않고, 바닥에 흥건한 피와 그 위에 놓인 붉은 덩어리만 남아 있는 것을 본 탓이다.

"되었다. 너에게 책임을 묻지는 않겠다."

"가, 감사합니다!"

"대신, 이 일을 맡도록."

쿠웅!

로반이 이마를 바닥에 찧으며 고개를 숙였다.

"명을 받들겠습니다!"

"놈들이 들어온 이상 이곳은 더 이상 쓸 수 없을 터. 산을 비울 것이니 마무리를 하고 놈들에 대해 알아내도록."

고개를 숙이고 있던 로반의 얼굴에 화색이 돌았다. 산을 비운다는 말은, 자신이 이 산에서 어떤 일을 해도 상관이 없다는 뜻이다.

"반드시 이행을 하겠습니다!"

§　　　§　　　§

"천천히 오십시오. 먼저 가서 인사를 하고 있겠습니다."

폴덴바인 백작성 외성 성문 앞에 모여 있는 사람들을 살펴보던 루딜이 리카이엔에게 말했다. 성문 앞에 있는 사람들의 한가운데 아버지가 있다는 것을 발견했기 때문이다. 미리 연락을 보낸 덕분에 마중을 나온 모양이었다.

아까부터 그 사실을 알고 있던 리카이엔이 말없이 고개를 끄덕이며 무미건조한 목소리로 말했다.

"그러도록."

루딜이 그런 리카이엔을 복잡한 눈빛으로 쳐다보더니 이내 고개를 돌리고는 말채찍을 휘둘렀다.

"이랴!"

갑작스러운 통증에 놀란 말이 길게 울음을 토하며 급히 발을 구르기 시작했다.

"오빠!"

달려가는 루딜의 뒷모습을 잠시 보고 있는데 갑자기 세이나가 다가와 말을 걸었다.

"응?"

"무슨 일 있었어?"

"무슨 일이라니?"

"어제부터 이상하잖아. 루딜이랑 오빠랑 아주 껄끄러워 보인단 말이야."

세이나가 추궁하듯 물었지만, 리카이엔은 어깨를 으쓱거리며 피식 웃어 보였다.

"난 별로 껄끄러울 거 없는데? 나중에 저놈한테 물어보든지. 이 오라비는 모르겠다."

하지만 세이나는 그 말을 곧이곧대로 듣지 않았다.

"그 말을 믿으라고?"

"그럼?"

조금 시큰둥한 표정으로 되묻는 리카이엔을 빤히 쳐다보던 세이나가 갑자기 맥 풀린 표정을 지었다.

"하아~ 됐어. 말을 말아야지. 쳇!"

그리고는 휙 토라져 뒤에 있는 프리엘라를 향해 다가갔다.

한편 앞서 달려간 루딜은 성문 앞에 도착해 있었다.

"아버지!"

큰소리로 외치는 동시에 훌쩍 안장에서 뛰어내린 루딜은 한 달음에 폴덴바인 백작 앞으로 달려갔다. 그리고는 당당한 목소리로 외쳤다.

"다녀왔습니다!"

인사를 하는 아들을 바라보는 폴덴바인 백작의 얼굴에 환한 표정이 떠올랐다.

겨우 몇 달밖에 떨어져 있지 않았는데 아들은 훌쩍 커서 이제 당당한 남자가 되어 있었다. 프로커스 백작령으로 보낼 때만 해도, 나이가 스물이나 되었는데도 여자 하나에 매달려 조르는 모습이 철없는 어린아이 같았는데 이제는 그런 티가 모두 사라진 것이다.

그 사이에 있었던 전쟁에 참전했다고 들었는데, 그 덕분인지 이제는 자신과 어깨를 나란히 해도 될 것 같다는 생각이 들었다.

"참전을 했다고 들었는데 다친 곳은 없느냐?"

"물론입니다."

"그곳 생활은 어땠느냐?"

"예, 좋았습니다."

자신감 넘치는 얼굴로 말하는 아들의 모습에 폴덴바인 백작이 기꺼운 표정으로 고개를 끄덕였다.

"그래, 수고가 많았다. 같이 온다던 프로커스 백작은?"

루딜이 잠시 어두운 표정을 지었지만, 아버지 앞에서 그럴수는 없다는 생각에 급히 환한 얼굴로 뒤쪽을 가리켰다.

"예, 저기 오고 있습니다. 먼저 인사를 드리려고 이렇게 달려왔습니다."

아들이 가리키는 쪽을 살펴본 폴덴바인 백작이 고개를 끄덕이며 말했다.

"이번은 그냥 넘어가지만, 앞으로는 저렇게 손님을 혼자 오게 만드는 실례를 범하는 것은 삼가도록 해라."

"예, 아버지."

"그래, 가서 무엇을 얻었느냐?"

갑자기 커 버린 아들의 모습에 폴덴바인 백작이 기대가 가득한 얼굴로 물었다.

"많은 것을 배웠습니다."

"무엇을?"

"으음! 그것이……."

자신감 넘치던 루딜이 갑자기 멈칫하더니 표정을 굳혔다. 분명 아주 많은 것을 배웠다고 생각했다. 그리고 그것은 사실이었다. 평민의 신분이 되어 병사들과 부대끼며 생활을 하고, 함께 바닥을 구르며 전장에 나간다는 것은 보통의 귀족들은 상상도 할 수 없는 경험이다. 생각이 많은 인간에게 경험이라는 것은 무엇과도 비교할 수 없는 커다란 배움이었다.

하지만 막상 그것을 이야기하자니 딱 꼽아서 말하기가 어렵다.

곤혹스러운 표정을 짓는 루딜을 보며 폴덴바인 백작이 대견스럽다는 듯 아들의 어깨를 토닥였다. 저렇게 말을 하지 못한다는 것은, 사실은 제대로 배운 것이 없기 때문일 수도 있지만 한편으로는 너무 광범위하고 많은 것을 체득한 덕에 바로 말하지 못할 수도 있었다.

폴덴바인 백작은 아들이 어째서 바로 말하지 못하고 있는지 알 수 있었던 것이다.

"원래 배움이란 하나하나 꼽을 수 없는 것이다. 체득한 것은 마음으로 아는 것이지 머리로 아는 것이 아니다."

"예, 아버지."

그렇게 두 부자가 이야기를 나누는 사이에 성문 앞에 도착한 리카이엔이 말에서 내려 다가왔다.

"오랜만에 뵙습니다, 폴덴바인 경."

"내 집에 온 것을 환영하오, 프로커스 경. 그동안 내 아들이 신세를 졌소이다."

"별말씀을요."

"허허, 아니오. 보아하니 그곳에 가 있는 동안 많은 것을 배운 모양이오. 깊이 감사를 표하는 바요."

"아닙니다. 아드님께서 스스로 얻은 것이지 제가 특별히 가르쳐 준 것이 아닙니다. 저런 인재를 둔 폴덴바인 백작가는 앞으로도 크게 번창하지 않을까 생각합니다."

"허허, 이거 앞에 두고 너무 칭찬을 하면 괜히 기고만장해질까 두렵소이다. 자자, 안으로 들어가시오. 먼 길을 오느라 고생이 많았을 테니 우선은 들어가 쉬면서 여독을 푸는 게 좋겠소이다."

"감사합니다."

"잘 쉬셨소이까? 철저히 준비를 하라 이르기는 했으나 프로커스 경께서 워낙 사교계에는 걸음을 안 하시니 취향을 몰라 여러 가지 미흡했을지도 모르겠소이다."

폴덴바인 백작이 최대한 편안한 표정으로 물었다.

지금의 리카이엔이 수도에 간 것은 겨우 한 번이었다. 그리고 이전의 리카이엔 역시 어려서는 몇 번 간 적이 있으나, 나이를 먹은 후에는 몸이 아파 수도에 간 적이 없었다. 그러니 모르는 것은 당연한 일.

리카이엔이 편안한 표정으로 말했다.

"신경 써 주셔서 감사합니다. 편하게 쉬었으니 너무 걱정 마십시오."

"허허, 그렇다면 다행이오."

만면에 웃음을 지은 채 고개를 끄덕인 폴덴바인 백작이 만찬실 입구에 서 있는 집사를 향해 고개를 끄덕였다. 그리고 집사가 문을 열자 갖가지 음식들이 차례대로 들어와 식탁 위에 하나씩 놓이기 시작했다.

만찬실의 긴 식탁에 앉아 있는 사람은 단 네 명. 리카이엔과 폴덴바인 백작, 세이나, 루딜이었다. 하지만 음식은 끝도 없이 들어오고 있었다.

"와아!"

음식의 종류가 열다섯 가지가 넘어가는 순간, 갑자기 어디선가 탄성이 터져 나왔다. 하녀들이 조용히 들어와 음식을 놓는 소리만 들려오던 조용한 방에서 탄성이 터져 나오니 모두의 시선이 그곳으로 쏠리는 것은 당연한 일.

"헙!"

갑자기 시선을 받은 세이나가 깜짝 놀라 자기 입을 손으로 막았다. 그리고 말을 한 사람은 리카이엔이었다.

"저희 가문이 원래 간소하게 식사를 하는 탓에, 제 여동생이 이런 음식이 많은 식탁을 처음 보아 그런 것입니다."

실제로 세이나는 이런 식탁을 구경한 적이 없었다. 백작령 내에서도 그랬지만, 왕립 아카데미에 있을 당시에도 학교 외부로 나간 적이 없다 보니 당연한 일이었다.

폴덴바인 백작의 얼굴에 잠시 당황하는 표정이 떠올랐다. 하지만 가만히 생각해 보니 몇 년 전까지만 해도 프로커스 백작가는 이름만 남아 있는 지방의 가난하기 짝이 없는 가문이었다. 그때의 생활양식이 남아 있다면 충분히 그럴 수도 있다는 생각이 들었다.

하지만 여전히 가시지 않는 의문점이 있었다. 몇 년 전에야 가난한 가문이었으니 그럴 수도 있다 싶지만, 이제는 전혀 다르지 않은가. 보통의 백작령 수준으로 영지를 넓힌 것은 물론, 이번 전쟁에서 어마어마한 군사력을 선보였다. 그 정도라면 자금 사정 또한 충분히 여유롭다는 뜻이다. 그런데도 아직까지 그런 검소한 식사를 한다는 것이 이해가 되지 않는 것이다.

폴덴바인 백작은 마음 같아서는 물어보고 싶은 일이었으나, 예의가 아니라는 생각에 계속 솟아오르는 궁금증을 접을 수밖에 없었다.

어느새 모든 음식들이 들어오고, 식탁 위는 진수성찬으로 가득 찼다. 그리고 식탁에 앉아 있는 네 사람 옆에는 각각 식사 시중을 들 시녀들이 섰다.

폴덴바인 백작이 포크와 나이프를 집어 들며 말했다.

"부족한 음식이라 입에 맞을지 모르겠소이다."

의례적으로 하는 말에 리카이엔이 빙긋 웃으며 말했다.

"제 여동생의 얼굴을 보니 그런 걱정은 하지 않으셔도 될 것 같습니다."

"허허, 그렇다면 다행이오."

식사는 느긋하면서도 부드러운 분위기 속에서 이어졌다.

"듣자 하니 프로커스 경은 종전 후에 한 번도 폐하를 찾아뵌 적이 없는 모양이던데… 특별한 이유라도 있소? 분명이 큰

상이 기다리고 있을 텐데 말이오?"

이번 정복전쟁에서 실질적으로 가장 많은 공을 세운 사람은 리카이엔과 카이스였다. 물론, 그 대부분의 공을 브레튼 왕세자가 가로채기는 했지만 그렇다 해도 여전히 많은 것들이 남아 있었던 것이다.

"그렇지 않아도 폐하께서 수도로 올라오라는 명을 내리셔서 에델슈트로 갈 생각입니다."

"허허, 그렇구려. 폐하께서 분명 큰 상을 내리실 테니 미리 축하하오. 하지만 조심하시오. 시기하는 이들이 아주 많으니 말이오."

"감사합니다."

"허허, 그게 나에게 감사할 일은 아니지 않소? 그건 그렇고, 이번 전쟁에서 루딜도 참전을 했다고 들었는데, 그래 어땠소?"

폴덴바인 백작의 물음에 리카이엔은 주저없이 대답했다.

"훌륭했습니다."

"허허, 묻자마자 대답을 하니 이거 마치 대답을 미리 준비한 것 같소이다."

"그럴 리가 있겠습니까? 저는 일부러 듣기 좋은 말을 하는 것은 못하는 사람입니다."

"하하하, 그렇다면 나야말로 감사하지."

"이번 전쟁의 경험이 아드님의 앞날에 큰 밑거름이 될 거라 확신합니다."

리카이엔은 진심으로 말했다. 이번 전쟁에서 루딜은 훌륭하게 적응했고, 목숨을 걸고 싸웠으며, 당당하게 살아 돌아왔다. 패전도 아닌 이긴 전쟁에서 살아 돌아왔다는 것 만큼 훌륭한 전공은 있을 수 없다.

"허허허!"

폴덴바인 백작이 아주 기분 좋은 표정으로 파안대소를 터트렸다. 세상에 자기 자식을 칭찬하는데 싫어할 부모가 있을 리 없었다.

이런저런 이야기를 주고받는 사이, 어느새 식사는 막바지에 이르고 있었다. 식탁 위에 있던 모든 음식들을 하녀들이 가져 나가고 달달한 디저트까지 먹은 후, 만찬실에 있던 네 사람은 조용히 티타임을 즐기기 위해 자리에서 일어났다.

꽤 늦은 시간이기는 했지만, 곳곳에 불을 밝혀 놓은 관계로 조금도 어둡지 않은 정원에 아담한 티 테이블이 놓여 있었다.

그리고 이번에도 시녀들이 차를 우려내 네 사람 앞에 따뜻한 차를 내놓았다.

차분하게 찻잔을 집어 든 리카이엔이 가만히 차향을 음미하며 한 모금 마신 후, 찻잔을 내려놓으며 조용히 말했다.

"폴덴바인 경."

"말씀하시오."

"실례가 되는 말씀인지는 모르지만, 잠시 주위를 물려 주시겠습니까?"

귀족들 간의 대화에서 주변을 물려달라는 것은 당연히 다른 사람이 들어서는 안 될 은밀한 이야기를 하자는 뜻이다. 앞으로 발전 가능성이 큰 리카이엔 정도 되는 인물이 건넬 은밀한 이야기라면, 들어서 나쁠 것은 없었다. 게다가 리카이엔이 무슨 말을 하려는지도 대충 짐작되는 부분이 있었다.

흔쾌히 고개를 끄덕인 폴덴바인 백작이 차 시중을 들기 위해 서 있던 시녀들에게 손짓을 했다.

곧이어 시녀들이 물러나고, 리카이엔이 루딜을 향해 말했다.

"루딜 공자, 내 동생에게 잠시 성을 구경시켜 주지 않겠소? 이렇게 다른 가문의 성에 온 적이 없어 아주 궁금해 하는 것 같으니 말이오."

그 말에 세이나가 묘한 표정으로 리카이엔을 보았다. 지금 리카이엔이 폴덴바인 백작과 무슨 이야기를 하려는 것인지 눈치를 챘기 때문이다. 하지만 자신의 이야기를 하는데 정작 본인들이 논외가 되는 것을 받아들일 세이나가 아니었다.

"에? 오빠 나 안 궁금……."

하지만 리카이엔의 굳어 있는 표정을 본 순간, 말끝을 흐리며 조용히 일어섰다. 최근 들어 오빠만 바라보고 사는 세이나가 아니기는 했지만, 저런 표정을 짓는 리카이엔에게 반항을 해서는 안 된다는 것은 잘 알기 때문이었다.

"부탁드립니다, 루딜 공자님."

적어도 이런 자리에서 왈가닥처럼 굴어서는 안 된다는 걸 아는 세이나가 예법에 맞게 정중하게 부탁을 했다.

루딜 역시 자리에 앉아 있고 싶은 눈치였지만, 세이나 이렇게 말하니 앉아 있을 수는 없는 노릇이라 고개를 끄덕이며 자리에서 일어섰다.

"그럼 저희는 잠시 돌아보고 오겠습니다."

두 사람이 자리를 비킨 후, 리카이엔은 조용히 기감을 끌어올려 주변을 살핀 후 아무도 없다는 걸 확인하고는 입을 열었다.

"폴덴바인 경께서는 혹시 아드님이 저희 백작가에서 지냈던 이유를 기억하고 계십니까?"

당연히 기억하고 있다. 그 당시 부자의 연까지 끊을까 생각을 했었는데 어찌 기억을 못하겠는가.

"물론이오. 당시에는 내 아들 놈이지만 참으로 못났다 그리 생각했는데… 오늘 프로커스 백작가의 영애를 만나 보니 녀석이 목을 매는 것이 이해가 가는구려."

솔직한 감정이었다. 조금 왈가닥인 듯 보이기는 하지만, 아름다운 외모와 강직한 눈빛이 참으로 인상적인 아가씨였다. 게다가 그 아버지인 전대의 프로커스 백작은 가난하기는 하나 점잖고 어진 영주로도 잘 알려진 사람이지 않은가. 그런 아버지에게 배운 딸이 모난 구석이 있지는 않으리라.

저런 아가씨가 가문의 안주인으로 들어온다면, 남자들이 영지를 비워도 충분히 영지의 운영을 훌륭하게 할 수 있을 것이다.

물론 좀 더 겪어 보아야 알 수 있겠지만 폴덴바인 백작은 자신의 안목을 믿었다.

거기에 더불어 그 오빠인 프로커스 백작은 앞으로 장래가 촉망되는 신흥 귀족이었다.

마다할 이유가 없는 혼담이었다.

물론 폴덴바인 백작이 정치적인 이유로 혼담을 나눌 위인은 아니었지만, 한편으로는 이 정도 혼사를 거부할 정도로 꽉 막힌 위인도 아니었다.

꽤 직접적으로 마음에 든다는 표현을 하는 폴덴바인 백작의 태도에 리카이엔도 기분 좋은 듯 미소를 지어 보였다. 죽은 친구의 동생이자 자신의 동생을 칭찬하는데 기분이 나쁠 이유가 없었다.

그리고 루딜은 충분히 훌륭한 신랑감이었다. 폴덴바인 백작의 영향인지 기묘한 부분에서 꽉 막힌 성격을 보이기는 하지만, 전체적으로는 유연한 사고와 진실된 마음을 가지고 있는 청년이었다.

딱히 이야기를 길게 끌고 갈 필요가 없다고 느낀 리카이엔이 마음의 결정을 한 듯 말했다.

"부족한 동생을 좋게 보아 주시니 감사합니다. 폴덴바인 경께서 그렇게 칭찬을 해 주시니, 저도 마음 놓고 단도직입적으로 말씀을 드리지요. 귀 가문의 장남인 루딜 폴덴바인 공자와 제 동생의 혼사를 진행하고 싶은데 의향이 어떠십니까?"

"나 역시 바라던 일이오. 솔직히 내가 거절한다면 집안이 풍비박산 날 수도 있다는 걸 잘 알지 않소. 뭘론, 그런 이유 때문에 혼사를 진행하자는 것은 아니오. 나 역시 저렇게 아름답고 똑똑한 며느리를 마다할 이유가 없소."

"감사합니다. 그렇다면 앞으로 프로커스 백작가와 폴덴바인 백작가는 사돈 가문이 되겠군요."

"허허, 그 역시 반가운 일이오."

귀족 가문 사이에 오간 것이라고는 생각할 수 없을 정도로 순식간에 마무리 된 혼담. 하지만 그쪽이 리카이엔의 성격에 잘 맞았다. 괜히 격식을 따지고 순서를 따지는 것은 그에게는 쓸데없는 절차일 뿐이었다.

하지만 혼담 이외에 해야 할 이야기가 아직 남아 있었다.

"한데……."

리카이엔이 또 다른 이야기를 할 듯 운을 떼자 폴덴바인 백작이 고개를 끄덕이며 물었다.

"하실 말씀이 있으면 어서 하시오."

"불쾌해하지 말고 들어주십시오. 제 개인적인 생각으로는, 이 혼담에 대해서는 두 사람이 실제로 결혼을 하기 전까지는 비밀로 부쳤으면 합니다."

그 말에 폴덴바인 백작이 바로 대답하지 않고 잠시 생각에 잠겼다. 그러고 보니 그저 혼담을 나누는데 주위를 물려달라는 것이 조금 이상했다. 아마도 이 이야기를 하기 위해서 그랬던 것인 모양이다.

해석하기에 따라서는 불쾌할 수도 있는 이야기였지만, 폴덴바인 백작은 바로 화를 내기 보다는 우선 이유를 물었다.

"특별히 그래야 할 이유라도 있소? 이런 좋은 일은 원래 많은 사람이 알아야 하는 것이 아니오?"

"물론, 그렇습니다. 하나, 아까 저녁 만찬 중 폴덴바인 경께서도 말씀을 하셨지만 프로커스 백작가는 꽤나 여러 곳에서 경계를 하고 있습니다."

"그렇지."

"그런데 중부에서 오랜 세월 큰 역할을 한 폴덴바인 백작가와 사돈을 맺을 것이라는 사실이 소문이 난다면 더욱 심한 견제를 받을 수밖에 없습니다."

"물론, 그렇소이다. 하나, 프로커스 경이 겨우 그 정도 견제에 주춤할 사람으로는 보이지 않소만?"

"그렇기는 합니다만, 괜히 일이 성가신 쪽으로 발전하는 것 또한 반기지는 않습니다. 굳이 편하게 갈 길을 가시밭길로 만들 필요는 없지 않겠습니까?"

하지만 폴덴바인 백작은 여전히 받아들이기 힘든 이야기였다. 더불어 리카이엔에 대한 시선 또한 조금 변했다.

그는 무슨 일이 있어도 강직하게 자신의 길을 걷는 성격이지, 그것이 무서워 돌아가는 성격이 아니었다. 폴덴바인 백작이 리몬 백작과 손을 잡은 이유는, 아이젠 백작 일파가 브렌 왕국의 정계를 장악할 경우 귀족계가 엉망이 될 수도 있다는 우려 때문이었다.

사실 리카이엔도 견제를 걱정하지는 않았다. 하지만 지나친 경계를 받다가, 써클루스와의 싸움을 준비하는 데 차질이 생기는 것만큼은 있을 수 없는 일이었다.

그럼에도 불구하고 폴덴바인 백작가와의 혼담을 진행시킨 이유에는, 브렌 왕국 내에 자신을 도와줄 세력을 만들기 위해서였다. 그 일에 대해 루딜이 거시적인 안목이 부족한 관계로 부정적인 태도를 취하고 있기는 하지만, 그 정도는 충분히 바꿔 줄 자신이 있기에 이렇게 진행한 것이다.

문제는 폴덴바인 백작이었다. 그에게는 사실을 말하고 도움을 청할 수가 없었다. 백작의 성향상 써클루스에 대해 알게 된다면, 분명 큰 도움을 받을 수 있을 것이다. 문제는 그의 성격이었다. 절대 리카이엔처럼 비밀리에 일을 진행하려 하지 않을 것이 분명하기 때문이다.

폴덴바인 백작은 부드러운 미소를 지으면서도 강직한 눈빛으로 리카이엔의 대답을 기다렸다. 저런 사람이 가장 상대하기 어려운 부류라는 것을 잘 알고 있는 리카이엔은 결국 조금의 위험부담을 감수하기로 마음먹었다.

"폴덴바인 경께서 보기에 향후 대륙의 판도가 어찌 되리라 보십니까?"

혼담을 진행하다가 꺼낼 이야기가 아니었다. 하지만 리카이엔이 이렇게 뜬금없는 얘기를 꺼낼 만한 이유가 있다고 생각한 폴덴바인 백작은 순순히 입을 열었다.

"아마 한 번의 전쟁이 남지 않았나 생각하오."

"그 외에 다른 것은 없습니까?"

리카이엔의 의미심장한 물음에 폴덴바인 백작의 두 눈에 이채가 어렸다. 그리고 잠시 고민하는 표정을 짓더니 힘겹게 입을 열었다.

"으음…… 프로커스 경이 무슨 의도로 그렇게 묻는 건지 잘 모르겠구려. 하지만 일단 물었으니 내 생각을 말해 주리다. 이렇게까지 개인적인 생각을 그대에게 말하는 것이 옳은 일인지는 모르겠지만, 내 아들을 저렇게 성장시켜 준 것에 대한 답례로 이야기를 하겠소. 우선, 이것은 어디까지나 나의 아주 개인적인 생각이오."

"걱정마십시오. 혼자만 듣겠습니다."

"알겠소이다. 사실, 나는 이번 정복전쟁 자체에 의문을 품고 있소이다."

"어떤 점에서의 의문입니까?"

주저 없이 질문을 던지는 리카이엔의 태도에 폴덴바인 백작의 눈빛이 한층 더 깊이 가라앉았다. 자신의 말에 더 생각하지도 않고 곧바로 질문을 던졌다는 것은, 그 역시 무언가 생각하고 있는 것이 있다는 뜻으로 해석할 수도 있기 때문이다.

"전쟁은 대륙 전체에서 일어났소. 그리고 전쟁의 승자는 우리 브렌 왕국과 그로니스 제국이지. 한데 대륙 전체에서 일어난 전쟁이, 약속이라도 한 듯 비슷한 시기에 시작되어 비슷한 시기에 마무리가 되었소."

"마치 잘 짜 놓은 시나리오 같다는 느낌을 받으신 건가요?"

또다시 던져진 리카이엔의 물음에 폴덴바인 백작은, 리카이엔 역시 자신과 비슷한 느낌을 받았다는 것을 어렴풋이 확신할 수 있었다. 그렇지 않고서야 자신이 말하고자 하는 쪽으로 저렇게 질문을 던질 수는 없기 때문이다.

"그렇소. 사실, 국왕 폐하께서는 델로스 왕국이 침략하기도 전에 병력들을 그쪽으로 보낼 준비를 마쳐 놓으셨소. 마치 델로스 왕국이 침략할 거라는 걸 미리 알고 있었다는 듯."

"하지만 단순이 우연의 일치일 수도 있습니다. 폴덴바인 경께서 말씀하신 시기의 유사점 역시 절대 있을 수 없는 일은 아니지 않습니까? 게다가 원래 전쟁이라는 것은 의외의 전염성을 가지고 있습니다."

"그렇기는 하지. 그런데 프로커스 경 또한 우연의 일치라고 생각하지는 않는 모양인 것 같소만?"

"그렇기는 합니다. 하지만 제 생각을 말씀드리기 전에 폴덴바인 경의 고견을 먼저 청하고 싶군요."

"후후, 뭐 이미 말을 하기로 했으니 내가 먼저 말 하겠소. 나는 이번 전쟁의 뒤에 누군가가 있다고 생각하오."

"역시나 저와 같은 생각을 갖고 계시는군요."

리카이엔의 말에 폴덴바인 백작이 심각한 표정을 지었다. 자신만이 그렇게 생각한 것이 아니라는 건, 전쟁의 배후에 누군가 있다는 가정이 사실일 가능성이 높다는 뜻이기 때문이다.

폴덴바인 백작이 굳은 목소리로 물었다.

"프로커스 경은 그 배후에 누가 있다고 보시오?"

"글쎄요? 사실 그 부분은 저도 감이 오지 않습니다."

"그대 역시 마찬가지구려. 나 역시 그 배후에 누가 있는지는 사실 짐작이 가지 않소. 하지만 혼자만의 생각이 아닌 만큼 가능성도 크니 심각한 일이 아닐 수가 없소."

걱정스러운 표정으로 말하는 폴덴바인 백작의 모습에 리카이엔은 속으로 미소를 지었다. 그 스스로 이 정도까지 생각을 했다면, 이야기를 진행시키기가 어렵지는 않을 거라는 생각 때문이었다.

"저도 같은 생각을 하신 분이 계셔서 참으로 반갑습니다. 사실대로 말씀드리면 저는 그 배후를 캐기 위해 동원할 수 있는 정보력을 모두 끌어 모아 움직이고 있습니다."

"그렇구려."

"그리고 혹시 모를 일에 대비해 다방면으로 준비를 하고 있었습니다. 그것이 제가 견제받는 것을 꺼려 하는 이유입니다. 미리 견제를 받게 되면 제대로 준비를 마치기도 전에 그 일이 틀어질 우려가 있기 때문입니다."

"흐음……."

폴덴바인 백작이 복잡한 시선으로 리카이엔을 살펴보았다.
작은 의심만 가지고도 그에 대한 실질적인 행동을 하는 과감
성이 부러운 한편, 성급한 것은 아닌가 하는 걱정스러운 마음
도 들었기 때문이다.

하지만 자신처럼 이렇게 살펴보는 사람도 있고, 실질적인
준비를 하는 사람도 있다는 것은 나쁘지 않다는 생각이 들었
다. 만약의 경우에 대비할 수 있으니 말이다.

한참을 복잡한 표정으로 생각에 잠겨 있던 폴덴바인 백작이
고개를 끄덕이며 말했다.

"일단 프로커스 경의 제안을 받아들이겠소. 두 아이의 결혼은
약속하되, 당분간은 비밀에 부치도록 하는 것이 좋겠소이다."

"이해해 주셔서 감사합니다."

"허허, 감사할 것까지야 있겠소? 그나저나 프로커스 경은
편하게 인생을 살 사람은 아닌 모양이오?"

"하하, 그리 생각하십니까? 뭐, 듣고 보니 그런 것도 같군
요."

Chapter 7.

에델슈트

"크큭, 드디어 움직였구나!"

조엘이 터져 나오는 웃음을 억지로 삼키며 말했다.

"예, 대대적인 움직임은 아니지만 소수의 인원으로 나누어 순차적으로 페르그란데 산을 내려오고 있습니다."

정보관이 다시 한 번 내용을 요약해 말했다.

리카이엔의 말대로 페르그란데 산맥 주변에 심어 두었던 수많은 눈들이, 써클루스의 움직임을 잡아낸 것이다.

정보관의 대답에 조엘이 웃음을 거두고 신중한 얼굴로 말했다.

"좋아, 지금부터가 중요하다. 길드의 모든 정보선을 움직여 놈들의 움직임을 파헤쳐라. 하지만 절대 이쪽이 드러나서는 안 된다는 걸 명심해라."

"놈들의 움직임상 완전히 우리가 숨는 것은 힘들 것 같습니다만."

"하부 조직이 잘리는 것은 어쩔 수 없다고 생각해라. 대신, 우리의 실체가 드러나는 것만큼은 절대적으로 막아라."

아군을 버리는 일이지만, 그 정도 희생은 어쩔 수 없다고 생각했다. 그리고 본래 꼬리를 잘라 내는 것은 정보 길드나 암살 길드 등, 어둠 속에서 움직이는 집단의 특징이기도 했다.

"알겠습니다. 그런데……."

대답을 한 정보관이 조심스레 화제를 돌렸다.

"또 보고할 것이 있느냐?"

"예, 페르그란데 산맥에서 내려온 기사들이 추적을 받고 있습니다."

"음?"

조엘의 표정이 무겁게 내려앉았다. 사실 냉정하게 말하면 조엘이 신경 쓸 문제는 아니었다. 리카이엔의 기사들이 놈들에게 붙잡힌다고 해서, 자신들의 주인에 대해 사실을 말할 이들이 아니라는 것을 잘 알기 때문이다.

게다가 리카이엔이 이쪽에는 절대 관여하지 말라고 말을 했었다. 이유는 아직까지 철저하게 모습을 감추고 있는 아트룸 길드가 드러나서는 안 되기 때문이다.

하지만 문제는 그 기사들을 이끌고 있는 사람이었다. 다른 이도 아닌, 클레우스의 던전에서 함께 고생했던 페르온이 조사대의 대장이었던 것이다.

어둠 속에서 움직이는 정보 길드의 마스터답지 않게, 인간적인 면이 많은 조엘이다 보니 친분 있는 사람이 위험하다는 생각이 들자 걱정이 되었던 것이다.

하지만 그 친분으로 움직이기에는 써클루스라는 놈들이 너무 어려운 적이었다. 괜한 일로 인해 이쪽이 드러났다가는, 제대로 준비를 마치기도 전에 큰 싸움이 벌어질 수도 있었다.

"후우~"

한참을 고민하던 조엘이 긴 한숨을 내쉬며 정보관에게 물었다.

"네가 보기에 기사들이 무사히 몸을 빼낼 수 있는 가능성이 얼마나 될 것 같으냐?"

"반반입니다."

"반이라……."

"그나마도 기사 페르온이 가지고 있는 그 독특한 능력이 있기에 가능한 확률입니다. 그렇지 않았다면, 무사히 빠져 나갈 가능성은 겨우 10%에 불과할 것입니다."

아트룸 길드의 대부분 길드원들은, 자신들이 써클루스라는 비밀 집단을 상대해야 한다는 사실을 알고 있었다. 하지만 그 일을 리카이엔, 카이스와 연대해서 한다는 사실까지는 몰랐다. 가능하면 자신들의 연대에 대해서 숨기는 것이 좋다는 판단 때문이었다.

하지만 아트룸 길드의 상층부는 그 사실을 확실하게 알고 있었다. 가장 깊이 있는 정보를 다루는 그들이 그 사실을 모르면, 차후의 계획에 차질이 빚어질 수도 있기 때문이다. 그렇기에 정보관이 페르온의 선천적인 감각에 대해 알고 있었던 것이다.

정보관이 말한 절반의 확률에 조엘은 잠시 고민에 잠겼다. 마음 같아서는 도와주고 싶었지만, 자칫하면 장기적이고 커다란 계획에 큰 차질을 줄 수도 있었다.

"어쩔 수 없지."

결국 조엘이 내린 결론은 애써 무시하는 것이었다. 사실은 애초에 답이 나와 있는 문제였다. 작은 일 때문에 큰 일을 망칠 수는 없기 때문이다. 하지만 조엘이 그런 결론을 내린 것은 단순히 그런 이유 때문만은 아니었다.

'그놈이 자기 사람을 그렇게 약하게 키우지는 않았겠지.'

조엘이 아는 리카이엔은 평소에 보여지는 것보다 훨씬 독하고 철저한 놈이었다. 그런 놈이 믿고 일을 맡긴 사람이 허무하게 갈 리가 없다고 믿은 것이다.

"그 외에 보고할 것은?"

"한 가지 더 있습니다."

"뭔가?"

"그로니스 제국, 황혼의 기사단이 브렌 왕국 쪽에 관심을 두고 있습니다."

"음? 이유는?"

"거기까지는 파악이 되지 않았습니다. 하지만 누군가를 찾는 듯한 움직임이 포착되었습니다."

이야기를 듣는 순간 조엘의 머릿속에 떠오른 사건 하나.

'아무래도 그건데……'

과거 비밀 경매장에서의 사건으로 인해 리카이엔이 제국의 황제와 부딪친 적이 있었다는 것을 조엘은 알고 있었다. 당시 리카이엔의 행동은, 황제에게는 아주 위협적이었다.

그리고 이번 전쟁 과정에, 제국의 황제는 자신의 정적인 로우디스 대공을 완전히 제거했다. 리카이엔이 만들어 낸 위협적인 요소의 근본을 잘라 낸 것이다. 하지만 황제의 성격상 자신을 위협했던 리카이엔을 가만히 놔두지는 않았을 터.

'이 자식 아무튼 일 만들어 내는 거 하나는 일가견이 있다니까!'

속으로 투덜거린 조엘이 정보관을 향해 말했다.

"지금 리카이엔의 위치는?"

"예, 며칠 전에 폴덴바인 백작령을 떠나 수도로 향하고 있습니다."

'수도라……. 어차피 좀 있으면 카이스의 결혼식이니 가 보기는 해야겠지? 가는 길에 함께 가는 것도 나쁘지는 않지.'

재빨리 앞으로의 움직임을 정한 조엘이 정보관을 향해 말했다.

"그 일은 일단 주시하고만 있어라. 지금 중요한 것은, 써클

루스 놈들의 동선을 파악하는 것이다. 그 쪽에 최대한 많은 인
원을 투입하도록."

"알겠습니다!"

§　　　§　　　§

투명한 붉은 빛을 머금은 한 쌍의 눈동자가 연방 좌우로 움
직였다.

오른쪽에는 프리엘라가 새치름한 표정으로 고개를 돌리고
있었고, 왼쪽에는 리카이엔이 무표정한 얼굴로 정면을 바라보
고 있었다.

좌우로 바쁘게 움직이던 눈동자가 결국 아래를 내려다보았
다. 그래 봐야 보이는 건 말안장과 땅밖에 없었지만, 차라리
그게 낫다고 생각했다.

'이이, 왜 이러는 거야?'

세이나가 이상한 느낌을 받은 것은 폴덴바인 백작성을 벗어
난 직후였다. 프리엘라가 쌀쌀맞은 태도로 리카이엔에게서 고
개를 돌리고 있었고, 리카이엔은 아무런 반응도 보이지 않고
있었다.

그런 분위기의 두 사람 사이에 끼어 있자니 너무 곤혹스러
웠던 것이다.

'가만, 그러고 보니……'

그러다 문득 세이나의 머리에 스치는 것이 있었다. 이곳으로 올 때까지의 여정을 천천히 되짚어 보니, 리카이엔과 프리엘라가 서로 이야기를 나누는 모습을 본 적이 없었다. 프로커스 백작성 성문 앞에서 만났을 때도, 프리엘라는 리카이엔을 향해 냉기를 풀풀 풍기고 있었다.

다만, 프로커스 백작령에서 폴덴바인 백작령까지는 루딜이나 기사 후보생들이 있었기에 크게 실감하지 못했던 것이었다.

'그러고 보면 나도 참 눈치가 없는 건가?'

사실은 눈치가 없는 게 아니라, 루딜과 함께 다니니 다른 것이 보이지 않았던 것이었지만 어쨌든 이제야 이러한 사실을 깨달은 것은 분명한 실수였다.

'쳇, 이럴 줄 알았으면 바로 집으로 돌아가는 건데!'

폴덴바인 백작가에서 떠날 당시, 리카이엔은 그녀에게 바로 고향으로 돌아가라고 말했다. 폴덴바인 백작가에서도 호위 기사를 붙여 주겠다고 했었고, 세이나 스스로도 수준 높은 검사였기에 문제가 없었다.

하지만 세이나는 그것을 거부했다. 폴덴바인 백작가에서의 만찬을 접한 후 가만히 돌이켜 보니, 왕립 아카데미에 있었을 때 밖을 돌아다닌 적이 없었던 것이다. 그것이 왠지 억울한 느낌이 들어 이번 기회에 수도 에델슈트를 구경할 생각으로 한사코 따라나선 것이다.

그리고 그것이 큰 실수였다는 것은, 폴덴바인 백작가에서 출발한 지 채 30분도 지나지 않았을 때였다.

그때로부터 지금까지 무려 한나절. 그 긴 시간 동안 두 사람은 서로 한마디도 나누지 않고 있었다. 답답한 마음에 세이나가 따로 두 사람에게 말을 걸어 보기도 했지만, 왠지 다른 사람의 눈치가 보여 그러기도 힘들었다.

'그나저나 이 두 사람 왜 이러는 거야?'

세이나가 알기로 두 사람은 서로 꽤 친한 편이기는 하지만 특별히 서로 감정이 상할 정도의 관계는 아니었다. 그런데 이런 상태이니 이상할 수밖에.

리카이엔과 프리엘라 둘 다 물어본다고 친절하게 알려 줄 것 같지도 않았다. 그러다 보니 이런저런 생각들이 머릿속을 가득 메우기 시작했다.

그러다 갑자기 번뜩 떠오른 생각.

'음? 설마 이 두 사람?'

세이나의 머릿속에 두 사람이 나란히 앉아 손을 잡고 있는 광경이 떠올랐다.

'호오, 이거 의외로?'

천천히 머릿속에 그려 보니 꽤나 괜찮은 광경이 만들어졌다. 리카이엔이야 자타가 공인하는 아름다운 얼굴의 미남자였고, 프리엘라 역시 화사한 금발에 뚜렷한 이목구비를 지닌 미인이었다. 그런 두 사람이 다정하게 앉아 있는 모습을 떠올리니 딱 한 폭의 그림이 나오는 것이다.

'역시 그런 거 같아. 저건 딱 삐친 건데…… 삐친다는 건 그 정도로 감정이 있다는 거고, 그 감정이라는 건 결국… 키키 킥!'

세이나가 저도 모르게 혼자 실실 웃으며 머릿속으로 상상의 나래를 펼쳤다.

원래 머릿속의 생각은 한계도 없이 엄청난 속도로 진행되는 법. 어느새 세이나의 생각 속에는 두 사람이 결혼을 하는 모습까지 그려져 있었다. 그리고 지금 서로 말도 하지 않는 두 사람의 모습이 그 광경 위에 겹쳐졌다.

"에이~ 사랑하는 사이에 뭘 또 삐치고 그래? 자자, 오빠가 먼저 잘못했다고 해. 원래 남녀 사이에서는 남자가 먼저 사과하는 거야. 안 그럼 속 좁은 남자… 음?"

혼자 중얼거리던 세이나가 갑자기 묘한 기운을 느끼고는 화들짝 놀라 고개를 들었다. 그리고 빤히 자신을 보고 있는 리카이엔과 프리엘라의 눈빛과 마주쳤다.

"헉!"

깜짝 놀란 세이나가 황급히 자기 입을 막았다. 머릿속으로 상상을 하다 저도 모르게 소리를 내서 말해 버린 것이다.

그리고 두 눈으로 생생하게 보았다.

억울해 죽을 것 같은 프리엘라의 표정과 어처구니없다는 리카이엔의 표정을.

'윽! 잘못 짚었나?'

어쨌든 수습은 해야 될 터. 세이나가 황급히 자기 뒤통수를 긁적이며 배시시 웃음을 흘렸다.

"에헤헤헤. 아니, 난 뭐 그냥…… 왜 그 우리 오빠가 워낙에 예쁘게 생겼잖아. 그리고 프리엘라 언니도 무지무지 예쁘고. 그렇게 예쁜 두 사람이 나란히 있으면 보기 좋겠다 싶어서……"

그 말에 프리엘라가 급기야 울먹이는 목소리로 그녀를 불렀다.

"세이나."

"응, 언니."

"그런 끔찍한 광경은 상상도 하면 안 돼."

"으응?! 아, 알았어요."

그리고 리카이엔이 말했다.

"세이나."

"응, 오빠."

"오라비 혼삿길 막을 생각이 아니라면, 어디 가서 절대 그런 말은 하지 말아라."

"아, 알았어!"

진저리 치도록 끔찍해하는 두 사람의 기운에 세이나는 저도 모르게 잔뜩 주눅이 들어 버렸다. 하지만 그래도 궁금한 건 풀어야 맛이다.

"그, 그런데 왜 둘이 사랑싸움한 연인처럼 그러고 있는 건데?!"

리카이엔이 이해할 수 없다는 표정을 지었다. 어떻게 그게 그렇게 보일 수 있단 말인가? 하지만 그렇다고 저렇게 생각하고 있는데 이유를 말 안 하면 왠지 인정하는 게 될 것 같은 느낌에 리카이엔이 내뱉듯이 말을 툭 던졌다.

"자기 스승 부탁 들어주었을 뿐인 사람한테 역정 내고 있는 여자는 무시하는 게 최고일 거 같아서 그런 것뿐이다."

그 말에 프리엘라가 한층 더 억울하다는 표정으로 말했다.

"사제 간에 사별할지도 모를 부탁을 들었으면 도의적으로 알려줘야 하는 게 예의라는 것도 모르는 사람한테 화가 났을 뿐이야."

"훗, 정작 화를 낼 사람은 다른 데 있는데 엉뚱한 데 화풀이를 하고 있으니 상대할 필요를 못 느낀 거란다."

"아주 사제 간에 정을 끊어 버리려고 이간질까지 하는 사람한테 화를 안 내면 그게 오히려 이상한 거 아닐까?"

한 번 말을 시작하니 끝도 없이 말이 터져 나왔다. 리카이엔이 한마디하면 프리엘라가 한마디하고, 다시 그 말을 리카이엔이 받아치면 프리엘라가 반박했다. 문제는 그 모든 말을 세이나를 향해 했다는 점이었다.

'시, 실수했다!'

무려 30분간 진행된 그 기묘한 말싸움에 세이나는 자신의 실수를 통감할 수밖에 없었다.

"사실 처음 만났을 때부터 엉뚱한 사람 의심하던 인격을 의심해 봤어야 하는 건데……."

"다짜고짜 죽으려고 마법부터 날리는 여자를 내가 어쩌자고 마차에 태웠을까."

그야말로 끝없이 이어지는 두 사람의 이야기.

'아아……'

귓속이 웅웅거리며 울리는 느낌이었다. 하지만 한 가지는 알게 되었다. 리카이엔과 프리엘라가 서로 어떻게 만났고, 어떻게 지금까지 왔는지 아주 소상하게 알 수가 있었다.

거기에 생각이 미친 세이나의 얼굴에 어처구니없다는 표정이 떠올랐다.

'그렇게 싫다는 사람들이 그건 어떻게 시시콜콜 다 기억하고 있는 거야?'

하지만 그 생각은 그리 오래가지 않았다. 이내 새로운 것을 깨달았기 때문이다. 바로 두 사람의 저런 상태가 아주 오래 갈 것이라는 점을 말이다.

§　　　§　　　§

싸늘한 공기가 연무장을 가득 메웠다.

한쪽에는 건장한 체격에 제복을 입은 기사들이, 다른 한쪽에는 루딜과 헐리를 포함한 조원들이 서 있었다. 싸늘한 공기의 근원지는 양측의 한가운데서 피어오르고 있었다.

"아무리 루딜 공자님이라 해도 이것은 분명한 월권이십니다. 저희는 도저히 받아들일 수가 없습니다."

"분명 백작님의 허락을 받았다 말하지 않았더냐?"

"백작님 또한 기사를 임명하는 일은 저에게 조언을 구하십니다. 이렇게 하시면 기사단의 기강이 엉망이 된다는 걸 모르시지는 않을 텐데요?"

기사단장 벤슨의 태도는 강경했다. 그리고 그 뒤에 모여 서 있는 기사들 역시 벤슨과 똑같은 생각인 듯, 온몸으로 거부의 의사를 표하고 있었다. 루딜의 뒤에 서 있는, 헐리와 조원들 때문이었다.

리카이엔이 폴덴바인 백작과 이야기를 마친 후, 수도를 향해 떠난 지 사흘. 그동안 영지 운영의 전반적인 흐름에 대해 파악을 마친 루딜이 가장 먼저 한 일은 헐리와 다른 조원들을 폴덴바인 기사단의 기사로 임명하는 것이었다.

하지만 기존의 기사들이 그들을 받아들이려 하지 않았다. 한눈에 봐도 제대로 기사 교육을 받은 자들이 아니라는 것을 알아보았기 때문이다.

"이들은 지난 정복전쟁에서 가장 큰 공을 세운 프로커스 백작군의 기사 후보생들이었다. 그 자질이 충분히 검증되었다고 생각하는데?"

"이곳은 폴덴바인 백작령입니다. 이곳에서는 이곳만의 절

차와 기준이 있는 것입니다. 그것은 엄연히 이 폴덴바인 백작
령의 법입니다. 그런데 장차 영지를 운영하셔야 할 공자님께
서 그 절차, 그 법을 어기려 하시다니요?"

"그래서 내 말을 무시하겠다는 건가?"

"그렇지 않습니다. 아까부터 몇 번이나 말씀을 드렸지만,
저들을 기사로 받아들이는 것은 문제가 아닙니다. 단, 폴덴바
인 백작령의 절차에 맞춰야 합니다."

벤슨은 실력과 통솔력, 안목 등등 모든 것을 갖춘 훌륭한 기
사였다. 그렇기에 폴덴바인 기사단의 단장이 될 수 있었다.

하지만 너무 고지식했다. 오직 정해진 대로만 모든 것을 처
리하는 틀에 박힌 유형. 물론, 그렇기 때문에 오늘날 폴덴바인
기사단이 월등한 실력의 우수한 기사단이 될 수 있었다는 것
은 분명한 사실이었다.

하지만 이렇게까지 고지식한 것은 적어도 루딜이 볼 때는
문제였다.

뒤에 있는 헐라나 제스 등 조원들은 절대 폴덴바인 기사단
의 기준을 통과할 수 없었다. 실력은 문제가 아니었다. 프로커
스 기사단의 후보생이 될 정도면, 어떤 기사단을 가더라도 충
분할 정도이기 때문이었다. 프로커스 백작군의 병사들은 그
모진 훈련 덕분에 체력만이 아니라 창술 또한 발군의 실력을
가지고 있기 때문이었다.

걸리는 것은 소양이었다. 기사로서 갖춰야 할 기본적인 예

법과 교양, 지식. 영주인 폴덴바인 백작의 영향인지, 폴덴바인 기사단 또한 그러한 부분에 있어서 꽤나 철저한 면이 있었던 것이다.

거기에 고지식하기 짝이 없는 벤슨이 단장으로 있으니 그 기준이 더할 수 없이 높아진 것이다.

"벤슨 단장."

"예, 공자님."

"기사의 가장 큰 덕목이 무엇인가?"

"충성심입니다."

"그거면 충분하지 않은가?"

"그렇지 않습니다. 기사들은 영지군의 핵심이기도 하지만 수행원이기도 합니다. 그런 역할을 해야 할 기사에게 소양이라는 것은, 주군의 품위와 명예와도 직결된 것입니다."

벤슨의 대답에 루딜은 속이 갑갑해지는 것을 느꼈다. 예전에는 몰랐는데 지금 보니 이렇게 고지식한 인간이 있다는 게 신기할 정도였다.

"벤슨 단장은 어찌 그렇게 한쪽으로만 생각하는 건가? 그대가 말하는 것이 맞을 수는 있으나, 그렇다고 해서 내 생각이 틀렸다는 것은 아니지 않은가?"

"그렇습니다. 하나 지금 제가 말씀드리고 있는 부분은 절대 예외가 있어서는 안 되는 절차입니다. 그 절차를 무시하는 순간, 기사단의 기강이 무너질 수도 있습니다. 기사단을 책임지는 단장으로서 절대 받아들일 수 없는 일입니다."

"어찌 그렇게 한쪽으로만 생각하는 건가? 때로는 발상의 전환도 필요하다고 보지 않는가? 저들이 들어옴으로서 기사단의 성향이 좀 더 다양해질 수 있고, 그로 인해 혹여 지금까지 기사단에 부족했던 부분들이 채워질 수도 있는 것 아닌가?"

"새로운 생각이나 변화가 필요할 때는 문제가 발생했을 때라고 봅니다. 하지만 현재 폴덴바인 기사단에는 아무런 문제가 없습니다. 오히려 점점 더 발전해 가고 있습니다."

"어떻게 그렇게 당장 눈앞의 일만 보는 건가? 초반에야 문제가 될 수 있지만, 오히려 그 덕분에 더 많은 발전을 할 수도 있단 말이야."

"기사단은 항상 준비가 되어 있어야 하는 이들입니다. 물론, 병사들도 마찬가지입니다만 기사는 그보다 더 중요합니다. 그런데 잠시 동안 해이해지는 것을 그리 가볍게 말씀하실 수 있단 말입니까?"

"하아!"

결국 루딜의 입에서 긴 한숨이 터져 나왔다. 무슨 말을 해도 돌아오는 대답의 요지는 똑같았다. 어떤 이유를 말해도 고지식한 벤슨의 생각은 변화가 없었다. 말 그대로 답답해 미칠 지경이었다.

한참을 그렇게 서 있던 루딜이 뭔가 결심을 한 듯, 휙 뒤로 돌아 헐리를 향해 말했다.

"조만간 문제를 해결할 테니, 며칠만 기다려라."

"예, 공자님."

시종일관 편안한 표정으로 루딜과 벤슨의 대립을 지켜보던 헐리가 고개를 끄덕이며 말했다. 어차피 이 정도는 이미 예상하고 있었기에 문제라고 생각하고 있지도 않았다.

"가자."

루딜이 앞장서며 하는 말에 조원들이 그 뒤를 따라 움직이기 시작했다.

'이런 식이라면 기사단을 하나 더 만드는 게 더 낫겠군.'

폴덴바인 백작령에는 보통의 다른 고위 귀족들과 달리 단 하나의 기사단만이 존재했다. 대신, 그 규모가 아주 크고 여러 단위로 잘라 유기적이면서도 신속한 체제를 유지하고 있었다.

'하아! 제대로 깊이 생각하지도 않고, 전체를 보지도 못하는 사람이 기사단장이라니.'

속으로 그렇게 구시렁대던 루딜이 갑자기 걸음을 멈췄다. 그리고 천천히 가라앉아 있던 기억을 더듬기 시작했다. 지금 자신이 생각했던 것과 비슷한 말을 들었던 적이 있기 때문이었다.

'생각을 해라. 그리고 제대로 보아라. 그렇지 않으면 넌 끝까지 그 정도 그릇밖에 되지 않는다.'

리카이엔이 자신에게 했던 말이었다.

'으음…….'

좀 더 깊이 생각하고, 좀 더 큰 그림을 보는 이들이 그렇지 않은 이에게 하는 말이었다. 그중에는 주제도 모르고 허세를 부리며 남을 가르치려는 사람도 있었지만, 적어도 리카이엔은 그런 사람이 아니었다. 정확하게 표현하자면 루딜이 본 중에 가장 무서운 사람이었다. 그런 사람이 자신에게 괜히 그런 말로 허세를 부렸을 리가 없었다.

거기까지 생각이 든 루딜은 다시 한 번 그때의 대화에 대해 고민에 잠겼다.

'흐음!'

하지만 이내 고개를 설레설레 저었다. 여전히 그는 받아들일 수가 없었던 것이다.

무슨 일이 있어도 가문과 가족을 지키겠다는 생각까지는 이해할 수 있었다. 하지만 과연 귀족으로서의 명예와 다른 이들의 시선까지 무시하면서 그래야 하는지는 의문이었다.

루딜의 그런 생각에는 다양한 것들이 섞여 있었다.

우선은 리카이엔이 말했던 충성과 굴복에 대한 것이었다. 리카이엔은 왕과 귀족의 관계는 서로가 거래를 하는 사이라고 했었다. 그렇기에 왕이 받아들일 수 없는 명령을 내렸을 때 그것을 따르면 그것이 바로 굴복이라고 했다.

하지만 루딜은 그리 생각하지 않았다. 아니, 좀 더 정확히 말하면 왕이 신하에게 이치에 어긋나는 명령을 한다는 것 자체가 있을 수 없는 일이었다. 그런데 그 있을 수 없는 일을 가

정해 그런 식으로 정의를 하니 이상한 것이다.

기본적으로 왕은 신하에게 신의를 지켜야 하고, 신하는 왕에게 충성을 바쳐야 했다. 종종 역사책에서 볼 수 있는, 왕국에 위기가 닥쳤을 때 목숨을 걸고 나라를 지키는 뛰어난 충성심은 바로 왕과 신하 사이의 분명한 도리가 존재하기 때문에 나올 수 있는 것이다.

그런데 리카이엔의 말은 나라가 어찌 되든 가문과 가족을 먼저 지키고 그것을 최우선으로 하겠다는 의미를 품고 있었다. 즉, 써클루스와 싸우려는 이유부터가 루딜에게는 받아들이기 힘든 것이었다.

리카이엔과 이야기할 당시에는 분명히 이해를 하고 있었지만, 어디까지나 이해와 공감은 다른 것이다.

일단 사건을 보는 견해에서부터 엇갈려 있으니 그 다음이 공감이 갈 리가 없었다.

받아들일 수 없는 일을 하기 위해 귀족으로서의 명예까지 버리라는 것은 있을 수 없는 일인 것이다.

태어날 때부터 귀족이었고, 귀족으로서 교육을 받아 온 루딜에게 거기까지는 절대 생각할 수가 없었던 것이다.

병사들과 부대끼며 전장을 구르기까지 한 루딜이었지만, 이 부분은 그것과는 달랐다. 병사가 되었던 것은 목적을 가지고 있었고, 스스로 공부가 되었으며, 실제로 그 와중에도 절대 귀족으로서 하지 말아야 할 일은 절대 하지 않았다.

"하아~"

루딜의 입에서 긴 한숨이 새어 나왔다. 아무리 생각해도 리카이엔의 생각을 받아들이기가 힘들기 때문이었다.

하지만 그 한숨에는 또 다른 의미도 숨어 있었다. 분명히 자신의 생각이 맞는 것 같은데, 왠지 모를 찝찝함이 남기 때문이었다.

아주 개운하지 않은 씁쓸한 느낌.

그때 같이 걷던 헐리가 불쑥 물었다.

"무슨 생각을 하십니까?"

"네? 아, 아니, 응? 아, 아무것도 아니야. 일단 가자."

황급히 고개를 저으며 성큼성큼 걸어가는 루딜의 표정은 여전히 뭔가 개운하지가 못했다.

§   §   §

"기다리고 있었습니다, 주군!"

수도 에델슈트에 있는 프로커스 백작가의 저택 입구에서 라울이 반가운 얼굴로 인사를 했다. 뒤이어 율리아가 묘한 표정을 지으며 고개를 숙였다.

"오시느라 수고 많으셨어요. 어머, 세이나 아가씨도 오셨네요? 그, 그런데 프리엘라 언니는 여기 왜……."

과거 프로커스 백작가와 리온 자작가 사이에서 벌어진 영지

전 당시, 프리엘라의 앞뒤 안 가리는 무지막지한 마법 때문에 질려 버린 적이 있던 율리아였다. 그 탓에 이제는 그러지 않는데도 불구하고 오랜만에 보게 되면 꼭 저런 반응을 보이게 되는 것이다.

율리아의 말에 프리엘라가 억지로 미소를 지으며 새침하게 말했다.

"어머, 도와주러 온 사람한테 그런 말을 하시면 안 될 것 같은데……."

"아차, 그랬죠. 미안해요."

억지로 활짝 웃으며 사과를 하지만, 얼굴에는 여전히 꺼림칙한 표정이 남아 있었다.

그리고 율리아를 향한 프리엘라의 반응을 본 세이나가 확 질려 버린 표정으로 고개를 푹 숙였다. 폴덴바인 백작가에서 이곳까지 오는 동안, 두 사람의 폭풍과도 같은 말의 향연에 이미 녹초가 되어 있었던 것이다.

그 사이에 그녀가 또 한 가지 깨달은 것이 있다면, 오빠가 의외로 뒤끝이 있다는 점이었다. 딱히 뒤끝이라고 말하기는 애매하지만, 어쨌든 상대의 행동을 하나하나 다 기억하고 있는 것만은 분명했다.

'조심해야지.'

원래 속에 담아 두는 사람이 한 번 화가 나면 그만큼 무서운 것이 없었다. 퍼붓기 시작하면 지금까지 담아 두고 있던 모든 것이 다 튀어나오기 때문이다.

"자, 일단 안으로 들어가자."

"예!"

저택 안으로 들어가 자리에 앉자마자 리카이엔이 이야기를 시작했다.

"그래 조사했던 일은?"

그 말에 라울이 갑자기 오한이라도 드는지 양손으로 자기 어깨를 끌어안았다.

"하아, 내 평생 그렇게 소름 끼치는 광경은 처음 보았습니다. 생김새에서 시작해 말투와 성격까지, 게인과 조금도 다르지 않게 똑같이 생긴 게인을 봤습니다."

그 말에 리카이엔과 프리엘라가 동시에 서로의 얼굴을 보았다. 역시나 그 금지된 술법이 맞는 모양이었다.

프리엘라가 확인을 하기로 결정을 하기 직전까지, 테하스는 설마라는 말을 버릇처럼 입에 달고 있었다. 자세하게 말을 하지는 않았지만, 그 술법이 세상에 나왔다는 것은 다른 것 또한 세상에 나온 것이라는 말을 하며 적잖이 겁을 먹기까지 했었다.

평생을 테하스와 함께 지낸 프리엘라였지만, 단 한 번도 스승의 그런 모습을 본 적이 없었기에 그 놀라움은 말로 표현할 수도 없을 정도였다.

그렇기에 프리엘라 역시 은근히 무섭다는 생각이 들어, 테하스가 말한 그것이 아니기를 바랐었다. 하지만 이렇게 실질적인 증거가 나온 이상 어쩔 수가 없었다.

"후우, 써클루스라는 놈들만으로도 피곤한데 이상한 놈까지 감당하기 힘든 수준이라…… 이거 참, 산 넘어 산이로군."

리카이엔 테하스의 그런 모습을 처음 본 탓에 꽤 걱정이 되는 모양이었다. 하지만 벌어진 일을 나몰라라 할 수도 없었고, 이쪽으로 모략을 꾸미는 것 같은 놈이 있는데 무시할 수도 없었다.

잠시 숨을 고른 리카이엔이 프리엘라를 향해 말했다.

"뭐, 어쨌든 벌어진 이상 감당을 해야 하니 어쩔 수 없지. 수고 좀 하라고."

그 말에 프리엘라가 여전히 새침한 표정으로 말했다.

"난 어디까지나 스승님 명을 받고 온 거니까, 굳이 그런 부탁 안 해도 됩니다. 프로커스 백작님."

"훗, 알겠소이다. 뭐, 그럼 뒷일은 라울, 율리아하고 잘 처리하도록 하고. 세이나, 너는 어쩔 생각이냐?"

"응? 난 뭐 그냥 오빠가 왕궁에 들어간다기에 한 번 구경하고 싶어서. 그러니 신경 안 써도 돼."

"왕궁이라… 그래 뭐 딱히 좋은 곳은 아니지만 보고 싶다면 같이 가도록 하자."

그때였다.

"어이, 나 왔어!"

갑자기 밖에서 들려온 외침. 그 목소리를 알아 낸 리카이엔이 어처구니없다는 표정으로 벌떡 일어났다.

"저 인간이 여긴 왜 왔지?"

밖에서 들려온 목소리의 주인은 다름 아닌 조엘이었던 것이다.

세이나 역시 그 목소리를 알아 들었는지 고개를 갸웃거리며 말했다.

"그러게? 오빠가 가는 데는 만날 따라다녀."

Chapter 8.
싸움을 붙이려는 자

"이 멍청한 놈!"

크로한의 얼굴이 잔뜩 일그러졌다. 그 앞에는 사색이 된 로반이 이마를 바닥에 댄 채 온몸을 사시나무 떨 듯 떨고 있었다.

페르그란데 산에서 도망친 놈들을 결국 잡지 못하고 놓친 것이다. 휘하에 있는 술법사들을 전부 동원해 추적을 했지만 결국 종적을 찾지 못했다.

"죄, 죄송합니다!"

"내가 그 말을 가장 싫어한다는 걸 모르지는 않을 텐데?"

표정은 일그러져 있었지만 목소리는 무미건조하기 짝이 없다. 그리고 예외 없이 크토한의 손이 로반을 향해 뻗어갔다.

"허억!"

로반이 하얗게 질린 얼굴로 크로한을 보았지만, 크로한의 손은 무심하게도 천천히 올라가고 있었다. 그리고 그 손과 허공을 격하고 있는 로반의 몸뚱이가 천천히 허공으로 떠올랐다.

"다, 단서를 잡았습니다!"

공포에 질린 로반이 쉬어 터진 목소리로 외쳤다.

퍼억!

말이 끝나기가 무섭게 로반의 몸뚱이가 바닥으로 곤두박질치며 둔탁한 소리가 울려 퍼졌다.

갑작스러운 추락으로 이마가 깨져 피가 철철 흘렀지만, 로반은 비명을 지를 만한 여유도 없었다. 흐르는 피를 닦을 정신도 없이 로반은 황급히 품속으로 손을 밀어 넣었다. 그리고 다시 꺼낸 그의 손에 들린 것은, 쇠로 만든 듯 보이는 작은 물건이었다.

"무엇이냐?"

"아무래도 가문의 문장인 듯합니다."

"가문의 문장이라……."

크로한이 로반이 한 말을 되뇌며 손을 뻗었다. 그러자 로반의 손에 놓여 있던 물건이 허공에 뜬 채 크로한의 손바닥에 놓였다.

"흠!"

크기는 작지만 분명한 모양을 가지고 있는 쇠붙이였다. 날개 날린 두 마리 사자가 사납게 아가리를 벌린 채 좌우로 달려 나가려는 듯한 모양. 기사들이 자신이 속한 가문을 나타내기 위해 제복에 붙이는 엠블럼이었다.

"두 마리 사자라……."

대륙에는 수 없이 많은 귀족가문들이 있었고, 각기 다양한 문장을 사용하지만 겹치는 경우도 많았다. 그중에서 두 마리 사자를 가문의 문장으로 쓰는 가문 또한 적지 않았다.

"흐음……."

잠시 고민하던 크로한이 로반을 향해 물었다.

"놈들이 철창을 쓴다고 했더냐?"

"그렇습니다!"

로반이 큰 소리로 대답했다. 잡아온 놈들을 구하기 위해 난입한 놈의 철창에 꽤 많은 수하들이 죽음을 당했기에 생생하게 기억하고 있었다.

"이걸 어디서 얻은 것이냐?"

"예, 산사태를 일으켜 놈들을 잡아 왔던 곳을 수색하다가 발견했습니다."

"기사들인 것 같다고?"

"예!"

"흠, 기사들이 철창을 쓰면서 두 마리 사자를 문장으로 쓰는 가문이라……."

말끝을 흐리는 크로한의 입가에 싸늘한 미소가 떠올랐다.

"한 곳 있었군."

모를 수가 없었다. 대륙 전체로 번진 전화의 진원지인 그가 전쟁의 흐름에 관심을 두지 않았을 리 없고, 그 전쟁에서 가장 이름을 떨친 몇 개의 가문 중 하나인 프로커스 백작가를 모를 수 없었던 것이다.

"꽤 철저한 성격이라고 들었는데……. 수하들은 그렇지 못한 모양이군."

살기 어린 미소를 지으며 홀로 중얼거린 크로한이 로반을 향해 입을 열었다.

"로반."

"예, 마스터!"

"마지막으로 기회를 주마."

"가, 감사합니다!"

"놈을 조사해라. 단독으로 이런 일을 벌이지는 못했을 것이다. 우리의 성지까지 알아낸 걸 보면, 분명 함께하는 자들이 있다. 그놈들을 모조리 색출하여, 지상에서 완전히 지워 버리도록!"

"명을 받들겠습니다!"

쿵, 소리가 나도록 깨진 이마를 다시 한 번 바닥에 찧은 로반이 벌떡 자리에서 일어나 황급히 밖으로 달려 나갔다.

§　　§　　§

휘이이잉!

하루도 쉬지 않고 산을 휩쓸고 다니는 차가운 바람이 매서운 소리를 내며 지나갔다.

로반으로 인해 일어났던 산사태의 흔적은, 며칠 동안 쉬지 않고 내린 눈이 완전히 덮어 버린 산비탈. 그 아래에 한 사내가 팔짱을 낀 채 무심한 눈으로 정상을 쳐다보고 있었다.

베르무크의 심복인 바록이었다.

그때 바록의 뒤에서 하얀 복면을 뒤집어쓴 그림자가 조용히 내려앉았다.

그 인기척에 바록이 기다리고 있었다는 듯 입을 열었다.

"일은 잘 처리했느냐?"

"예, 건네주셨던 물건을 놈들이 들고 들어가는 것을 확인했습니다!"

"그 다음은?"

"써클루스의 교도 전체가 산을 내려와 근거지를 옮기고 있습니다. 그런데 그중 일부가 다른 곳으로 움직이고 있습니다."

"정확히 어느 쪽이냐?"

"방향은 남동쪽으로, 뒤쫓아가 알아본 바로는 브렌 왕국으로 향하는 것 같습니다."

복면인의 보고에 바록이 만족스러운 표정으로 고개를 끄덕였다.

"수고했다. 너는 계속 그들의 움직임을 쫓아라."

"알겠습니다!"

큰소리로 대답한 복면인이 인사와 동시에 몸을 날렸다.

홀로 남은 바록이 싸늘한 미소를 지으며 중얼거렸다.

"프로커스 백작, 이렇게 소극적인 싸움은 당신에게 안 어울려. 제대로 치고받아야지."

§　　　§　　　§

"그동안 수차례 청했음에도 불구하고 이제야 왔군."

브렌 왕국의 왕, 켈리어스 국왕이 굳은 표정으로 처음 던진 말이었다.

그 앞에 부복을 하고 있던 리카이엔이 조금 더 고개를 숙이며 말했다.

"송구하옵니다. 영지를 비운 사이에 영지의 운영에 차질이 빚어져 그것을 처리하느라 늦었습니다."

"그대는 왕명보다 자기 일이 더 급한 모양이군."

정확하게 왕명이라고 보기는 어려웠다. 그저 시간이 되거든 수도로 올라오라는 정도의 이야기였을 뿐이었다.

"그렇지는 않습니다. 하나, 지금 제대로 정비를 해 두지 않으면 만약의 상황에 대비할 수 없다는 생각에 바로 움직이지를 못하였습니다."

리카이엔의 말에 브렌 국왕이 눈을 빛내며 은근한 목소리로 물었다.

"만약의 상황이라 했는가?"

"그렇습니다."

"그 만약의 상황이 무엇을 말하는 것인가?"

"예, 소신은 대륙에서 아직 전쟁이 끝난 것이 아니라는 생각에……."

"그 말은?"

"예, 대륙의 서쪽을 장악한 제국이 좀 더 욕심을 내지 않을까 하여……."

리카이엔의 말을 들은 국왕의 얼굴에 어두운 그림자가 드리워졌다. 그렇지 않아도 요즘 들어 그에게는 큰 걱정이 하나 있었다.

지난 전쟁에서 가장 큰 역할을 했던 크로한의 조직이 갑자기 연락이 두절된 것이다.

국왕과 크로한은 서로의 이득을 위해 손을 잡은 사이였다. 충분한 군사력을 갖춘 브렌 왕국이 주변 세 개의 왕국을 정복할 수 있도록 크로한이 공작을 해 주는 대신, 국왕은 크로한과 그의 조직이 대륙 남부 일대를 차지할 수 있도록 힘을 빌려 주는 거래였다.

그런데 그 크로한이 갑자기 사라져 버렸다. 엎친 데 덮친 격으로, 브렌 왕국이 전쟁을 시작하는 순간 제국 또한 정복전쟁을 시작했다.

본래 주변 삼개국을 모두 장악하면 브렌 왕국 또한 제국과 맞

먹는 영토를 가질 수 있었다. 그리 되면 스스로 제국을 선포하고 그로니스 제국을 견제하는 한편 대륙 남부의 두 개 왕국을 크로한의 조직이 차지할 수 있도록 힘을 실어 주려고 했었다.

하지만 전쟁 중의 실수로 인해 그것이 무산되었다. 본래의 계획과는 별도로 왕자를 보내 루오 왕국을 차지하게 하는 등 크로한이 보낸 이들의 말을 무시해 버린 것이다.

물론 당시에는 그것이 전략적으로 훨씬 나은 방법이라고 생각했기에 그렇게 했었고, 그 결과도 좋았다. 하지만 그 일을 기점으로 크로한의 조직이 완전히 연락이 두절된 것이다.

게다가 제국이 대륙 서부를 장악하면서 크로한과의 약속을 지키기도 힘들어졌다.

물론 국왕은 그들과의 약속을 지키지 못하게 되었다는 사실 때문에 걱정하는 것이 아니었다. 국왕은 겨우 구두로 한 약속을 위해 자신의 위험을 감수할 만큼 신뢰를 중시하는 위인이 아니었다. 하지만 크로한과 그의 수하들이 가지고 있는 불가사의한 그 힘은 무시할 수 없었다. 그렇기에 하루하루 노심초사 할 수밖에 없는 것이다.

그리고 최근에는 또 한 가지 일이 있었다. 아직 왕궁 외부로 이야기가 새어 나가지는 않았지만, 왕세자인 브레튼 왕자가 갑자기 열병으로 앓아 누워 버린 것이다. 수많은 치료사들과 신관들이 매달렸으나 왕자의 병은 하루하루 깊어만 갔다. 아무리 봐도 크로한의 조직에서 뭔가 수작을 부린 것 같은 느낌이었다.

그런 상황에서 서부를 장악한 제국이 언제 이쪽으로 쳐들어
올지 모른다는 걱정까지 겹치니 국왕의 얼굴이 좋을 수가 없
는 것이다.

그런데 리카이엔이 그 아픈 곳을 제대로 짚어 낸 것이다. 게
다가 말투를 보아하니 그 일에 대비를 하고 있다고 한다. 국왕
의 마음을 한 번에 잡아 낼 이야기일 수밖에 없는 것이다.

"역시 프로커스 경의 먹을 짚어 내는 눈을 매섭군."

국왕의 말에 리카이엔이 속으로 실소를 터트렸다.

'써클루스 놈들이 무섭긴 정말 무서운 모양이군.'

저 호전적이고 사나운 성격의 국왕이 저렇게 조급해하는 모
습을 보는 것은 굉장히 신선한 경험이었다.

"부끄럽습니다. 그저 제국의 기세가 쉽게 사그라질 것 같지
않다는 막연한 느낌 때문에 그리했을 뿐입니다."

"허허, 원래 그렇게 감이 좋은 사람들이 있는 법이지."

"그런데 저를 찾으신 특별한 이유라도 있으신지요?"

"그렇지 않아도 그 이야기를 하려던 참이었네."

고개를 끄덕인 국왕이 한층 은근한 목소리로 말했다.

"내 프로커스 경에게 한 가지 제안을 할까 하네."

"예, 말씀하십시오."

"이번 기회에 에델슈트에 저택을 하나 마련해 주고 싶은데
어찌 생각하는가?"

그 말에 리카이엔이 저도 모르게 흠칫했다. 국왕이 직접 수도에 저택을 마련해 준다는 말은 수도에 머무르며 자신의 일을 도우라는 뜻이다.

이는 특별히 관직을 내어 주겠다는 뜻이 아니었다. 어차피 영지가 있는 귀족은 관직에 앉을 수 없다. 하지만 국왕과 함께 오대부서의 회의에 나가 말을 할 수 있는 발언권이 생기는 일이었다.

다시 말해, 국정 전반에 깊숙이 관여할 수 있다는 뜻이다. 실제로 정복전쟁 전까지만 해도 아이젠 백작이 그러한 방식으로 권력을 쥐고 있었다.

그런데 이번에 리카이엔에게 그것을 제의한 것이다.

'제정신이 아닌가?'

리카이엔은 저도 모르게 그런 고민에 잠겼다.

지금 말한 국왕의 제안을 받아들이게 될 경우, 지방에 있는 프로커스 백작령에는 그 누구도 시비를 걸 수가 없었다. 국왕의 초청으로 수도에 머물고 있는 귀족의 영지를 범한다는 것은 국왕의 뜻을 거스르는 것이기 때문이다. 그리고 그것을 조금만 악용하면 주변 영지들로부터 엄청난 돈을 뜯어내는 것도 가능했다.

그뿐이 아니다. 왕가의 침소가 아닌 이상, 언제든 왕궁을 자유롭게 드나들 수 있었다. 게다가 국왕이 스스로 자신의 가장 가까운 측근이라고 공표한 것과 마찬가지이기 때문에 온갖 청

탁과 함께 감당할 수조차 없을 정도의 재물이 물밀 듯이 들어오는 자리였다.

아이젠 백작이 자신의 세력을 그렇게 크게 만들고, 엄청난 권력을 누릴 수 있었던 것도 바로 그러한 이유였다.

국왕은 지금 리카이엔에게 그런 자리를 권하고 있는 것이다. 물론, 그것은 리카이엔이 이번 전쟁에서 세운 전공뿐만이 아니라 그가 지니고 있는 영지의 힘이 그만큼 거대하기 때문이다.

실제로 정복전쟁에서 가장 많은 전과를 올리는 동시에 전사자가 가장 적은 군대가 바로 리카이엔의 프로커스 백작군이었다.

'이거 유혹이 꽤 심한데?'

어지간해서는 넘어가지 않을 리카이엔이었지만, 이 제안만큼은 쉬이 뿌리칠 수가 없었다. 만약 이 제안을 받아들인다면, 어떤 의미에서는 죽은 리카이엔과의 약속을 완수할 수 있었다. 브렌 왕국에서 국왕을 제외한 어떤 누구도 프로커스 백작가를 건드릴 수 없게 되니 말이다.

하지만 그 생각은 그리 오래가지 않았다.

'후우, 아깝기는 하지만 어쩔 수 없지.'

리카이엔은 조만간 대륙 전체가 또 한 번 전화에 휩싸일 것이라는 걸 알고 있었다. 그걸 뻔히 알면서도 권력의 단맛에 취해 있을 수는 없는 것이다.

일부러 한참 동안 입을 다물고 있던 리카이엔이 짐짓 힘겨운 표정으로 말했다.

"폐하의 말씀에 소신 몸둘 바를 모르겠습니다. 하나……."

부정적인 뉘앙스로 말끝을 흐리는 리카이엔의 모습에 국왕의 표정이 갑자기 가라앉았다. 하지만 리카이엔은 신경 쓰지 않고 말을 이어 갔다.

"현재 소신의 영지는 아직까지 많이 불안한 상태입니다. 물론, 폐하의 가호가 있기에 문제가 있지는 않겠습니다만, 이제 겨우 틀을 잡아 가고 있는 중이라 제가 자리를 비울 수 없을 것 같습니다."

"해서 내 제안을 거절하겠다는 건가?"

국왕이 믿을 수 없다는 표정으로 되물었다. 브렌 왕국에서 그 누구도 마다할 사람이 없는 자리였다. 그런 자리를 저리 거절한다는 것이 믿을 수가 없었다.

리카이엔이 고개를 저으며 말했다.

"어찌 소신이 폐하의 명을 거절하겠습니까? 다만, 소신에게 약간의 시간을 허락해 달라는 말씀을 드리고 싶은 것입니다."

"약간의 시간이라?"

"예, 앞으로 1년. 그때쯤이면 소신의 영지 또한 제대로 틀이 잡힐 것이라 생각합니다. 그렇게 자리 잡은 영지의 힘이 한편으로는 폐하의 뜻을 이루는데 조금이나마 힘을 보탤 수도 있으리라고 봅니다."

바로 거절할 수는 없는 일이다. 그러니 우선은 시간을 미뤄

두는 것이 가장 좋은 거절 방법이었다. 그러면서 영지의 군사력으로 돕겠다는 의지를 살짝 내비치는 정도면 충분했다.

리카이엔의 말이 제대로 먹혀들었는지 국왕이 잠시 고민스러운 표정을 지어 보였다.

그 역시 프로커스 백작군이 얼마나 강군인지는 잘 알고 있었다. 그런 프로커스 백작군이 리카이엔의 말대로 지금의 상태가 아닌 완성된 상태로 자신을 돕는다면 그것은 정말 큰 힘이 될 수 있을 것이다.

"후우~ 좋다."

긴 한숨과 함께 국왕이 천천히 고개를 끄덕였다. 큰 전쟁이 끝난 지 몇 달 지나지도 않았는데, 이 정도 귀족과 대립각을 세우는 것은 크게 좋은 방법이 아니었다. 그렇다고 눈치를 보는 것은 절대 아니다. 서로가 더 좋은 방향으로 일을 끌어가려는 것뿐이다.

"소신의 부족함을 이해해 주시니 망극할 따름입니다."

고개를 숙이는 리카이엔의 입가에 미소가 떠올랐다.

§   §   §

"야, 너 진짜 걱정도 안 되냐?"

조엘이 답답한 표정으로 물었다. 그가 수도에 있는 리카이엔을 찾아온 이유는 황혼의 기사단 때문이었다. 황제의 명을 받은 황혼의 기사단이 리카이엔을 찾아 브렌 왕국으로 찾아온 사실을 알려 주기 위해서.

물론, 그들이 정확하게 리카이엔을 목표로 하고 브렌 왕국으로 온 건지, 아니면 다음 수색 지역으로 브렌 왕국을 정한 건지는 알 수가 없었다.

하지만 위험하다는 것은 분명했다.

그런데도 리카이엔은 그에 대해서는 별다른 반응을 보이지 않으니 조엘로서는 속이 탈 수밖에 없었다.

잠시 딱하다는 표정으로 조엘의 위아래를 훑어본 리카이엔이 무표정한 얼굴로 말했다.

"괜히 긁어 부스럼이다."

"뭐?"

"놈들이 내 정체를 알았으면 브렌 왕국을 뒤적거리겠냐, 프로커스 백작령으로 곧장 오겠냐?"

"응? 아, 그러게?"

"괜히 그놈들 건드려 봐야, 나 여기 있다고 알려 주는 꼴밖에 더 되느냔 말이다."

생각해 보니 그렇다.

"하아~ 내가 뭐하러 여기까지 왔지?"

맥이 탈 풀린 조엘이 허탈한 표정으로 긴 한숨을 내쉬며 중얼거렸다.

그때 리카이엔이 조엘을 향해 무언가 불쑥 내밀었다.

"응? 이게 뭐냐?"

"편지."

조엘이 편지를 받아 들며 고개를 갸웃거렸다.

"무슨 편지?"

"카이스 자식이 보낸 거다."

"아, 그러고 보니 너만 만나러 온 건 아니었네. 카이스 그놈 결혼식도 있었지. 그나저나 니가 여기 있는 건 또 어떻게 알고 보냈을까?"

조엘이 궁금한 표정으로 편지를 꺼내 읽기 시작했다. 그리고 갑자기 딱하다는 표정으로 리카이엔의 어깨를 두드렸다.

"수고해라."

편지의 내용은, 결혼을 위해 수도에서 그론스트 백작령으로 가야 하는 도번 후작과 아네스를 에스코트 해달라는 내용이었다.

한마디로 믿을 만하고 실력 좋은 호위기사를 공짜로 좀 써 먹겠다는 흉계였다.

"넌 같이 안 가냐?"

"별로 안 땡기네?"

"뭐가?"

"카이스 자식 흉계에 걸리는 건 별로 달갑지가 않아서 말이야. 크흐흐, 그러니 수고해라."

"으흐흐, 친구 좋다는 게 뭐냐? 그냥 같이 가……."

그때였다.

"백작님!"

갑자기 저택 문이 열리며 누군가 안으로 뛰어들어 왔다. 수도의 저택을 관리하는 집사였다.

"무슨 일인가?"

"저, 저기 이런 것이 저택 정문 앞에 박혀 있었습니다."

집사가 벌벌 떨리는 손으로 들어 올린 것은 한 대의 화살이었다. 정확하게는 화살대 중간에 잘 접힌 종이가 묶여 있는 화살. 즉, 화살로 날린 편지였다.

집사의 손에서 낚아채듯 화살을 받아 든 리카이엔이 재빨리 편지를 펼쳐 읽었다.

"음?!"

그리고 갑자기 표정이 딱딱하게 굳었다.

그 모습을 지켜본 조엘이 불안한 표정으로 물었다.

"왜 그래?"

리카이엔이 이번에도 편지를 넘겨주며 물었다.

"이거 혹시 아는 거 있냐?"

"음! 이, 이게 뭐냐?"

편지를 펼쳐 든 조엘의 얼굴도 딱딱하게 굳었다.

써클루스가 프로커스 백작의 주변을 조사하고 있다.

단 한 줄의 내용. 하지만 리카이엔으로서는 기겁할 만한 내용이었다.

써클루스가 리카이엔의 주변을 조사한다는 건, 리카이엔이 자신들에 대해 캐고 있다는 사실을 알고 있다는 뜻이 아닌가. 그리고 그 말은 이제 겨우 준비를 하고 있는데 그들과 전면전을 벌여야 할지도 모른다는 뜻이었다.

리카이엔이 심각한 얼굴로 물었다.

"페르온이 잡힌 건 아니냐?"

"아닌데? 여기 오는 동안 수시로 확인해 봤는데 무사히 탈출했다. 듣기로 중간에 몇 명이 놈들에게 사로잡혔다고는 하던데 그들도 제대로 구했다고 들었다. 너희 애들이 잡혀서 고문을 당한다고 제대로 불 애들도 아니고."

"그런데 어떻게 이것들이 내 존재를 알아챘지?"

"그러게. 음? 그런데 이 편지 보낸 놈은 이 사실을 또 어떻게 안 거지?"

순간, 리카이엔의 머릿속에 떠오른 생각.

"이런, 씨부랄 새끼들이!"

편지를 보낸 자는 석 달 전 리카이엔에게 써클루스의 존재를 알려 줬던 '그들'일 것이다. 그리고 써클루스에 리카이엔의 존재를 알려 준 것 역시 '그들'.

버럭 소리를 지른 리카이엔이 나지막한 목소리로 말했다.

"이 개자식들 속셈이 이거였나?"

"속셈이라니?"

"놈들한테 내 존재를 알려 주고 나한테 놈들의 움직임을 알려 주는 이유라면 뻔하지."

"제대로 싸움을 붙이려고 한다는 거냐?"

"아마도……."

조엘이 두 눈을 가늘게 좁히며 심각한 목소리로 말했다.

"처음에 너한테 편지를 보낼 때부터 이렇게 싸우게 만들려는 속셈이었다는 건데……. 그럼 놈들의 목적이?"

"써클루스의 힘을 빼는 거겠지. 그러니 이 정보를 알려 주고 미리 선수를 치라는 것이고."

"하아~ 요거, 요거 제대로 치사한 놈들이네? 어떻게 할 거냐?"

리카이엔의 입가에 싸늘한 미소가 떠올랐다.

"당장 어찌할 수는 없는 일이잖아. 우선은 장단을 맞춰 주는 수밖에."

"니 성격에 잘도 그러겠다."

"대신 너도 좀 바빠지겠지."

"응?"

"이 쥐새끼씨의 정체를 네가 파고들어 갈 때가 됐다는 말이다."

"언제는 신경 끄고 놔두라더니?"

조엘이 이해할 수 없다는 표정으로 물었다.

처음 써클루스에 관한 편지를 받고 게인이 누군가의 밀정이라는 걸 알았을 때, 리카이엔은 조사해 보겠다던 조엘을 만류했다. 그런데 이제 와서 조사를 하라고 하니 이유가 궁금할 수밖에.

"그때는 좀 애매했다."

"뭐가?"

"그놈이 너에 대해서도 알고 있는지 말이야."

"응?"

"게인이 밀정이기는 했지만 너를 본 적은 없거든. 그리고 클레우스 던전의 보물에 대해서도 라울만 알고 있단 말이야. 하지만 나를 지목했을 때는 뭔가 나름의 이유가 있겠다는 생각이 들었기에 우선은 숨겨 둔 거다. 놈들이 나에 대해서는 알아도, 너에 대해서는 모른다면 충분히 뒤통수를 칠 수 있을 거라고 생각했거든."

"그래서 지금은 놈들이 나의 존재를 모르는 것 같은 거냐?"

리카이엔이 고개를 끄덕였다.

"너에 대해서도 알았다면, 써클루스 놈들이 내 뒤를 캐고 있다는 사실을 알려 주지는 않았을 거다. 네 정보력으로도 사전에 알아낼 수 있는 일이니까."

"흐음, 그것도 그러네."

"게다가 이제는 단서 조각이 하나 더 추가됐잖아."

"응? 단서 조각이라니?"

"놈들은 단순히 나를 이용해서 써클루스를 무너트리는 것만이 목적이 아니잖아."

"흠, 확실히 그러네. 그게 목적이면 니가 준비가 될 때까지 기다려야지, 이렇게 급하게 충돌을 일으키려고 할 이유가 없을 테니까. 그러면 놈들의 목적이라는 건… 써클루스의 힘을 빼는 건가?"

"아마도."

"크흐흐, 좋아. 써클루스의 움직임이 이제 분명하게 눈에 들어왔으니 놈들의 뒤를 캐는 것도 가능하겠지."

"그래, 써클루스를 조사하다 보면 이 쥐새끼와 관련된 정도보 얻을 수 있을 거다. 프리엘라가 인형인가 하는 것들을 조사하러 갔으니 그것도 어느 정도 도움은 될 거다."

"잘됐군. 그나저나 일단은 써클루스 놈들이 니 뒤를 캐는 것부터 처리해야 되는 거 아니냐?"

조엘의 걱정스러운 물음에 리카이엔은 고개를 설레설레 저었다.

"이렇게 된 이상 충돌을 불가피한 일이다."

"어떻게 하려고?"

"한 번 싸워 보지, 뭐."

"뭐!"

깜짝 놀라 되물으려던 조엘이 갑자기 말을 끊으며 고개를 갸웃거렸다. 리카이엔의 얼굴이 싸우겠다는 표정이 아니기 때문이었다.

"아무튼 이 자식은 뭐 하나 속 시원하게 말하는 게 없네."

"그건 차차 알게 될 거다. 아무튼 이 쥐새끼⋯⋯."

리카이엔의 몸에서 갑자기 냉랭한 살기가 뿜어져 나왔다.

그때 문이 벌컥 열리며 누군가 뛰어들어 왔다. 요 며칠 사이 아카데미 시절에 돌아보지 못했던 에델슈트 곳곳을 신이 나서 돌아다니고 있는 세이나였다.

오늘도 뭔가 재미있는 구경을 했는지 잔뜩 들뜬 얼굴을 하고 있었다.

"오빠⋯ 헉!"

하지만 한기가 풀풀 풍기는 리카이엔의 살기 등등한 얼굴에 깜짝 놀라 뒷걸음질 쳤다.

"무, 무슨 일 있어?"

리카이엔은 대답은 하지 않고 그녀를 불렀다.

"세이나."

"응, 오빠⋯⋯."

"너 당장 영지로 돌아가야겠다."

"뭐? 왜?"

하지만 리카이엔은 여전히 대답 대신 명령을 내렸다.

"세이나 프로커스는 영지로 돌아가는 즉시 데인 프로커스 전대 백작에게 영주의 권한을 넘겨받아라."

"그, 그게 무슨! 도대체 왜 이러는⋯⋯."

단 한 번도 자신에게 이렇게 딱딱한 명령조로 말을 한 적이

없는 리카이엔이었다. 게다가 아버지까지 데인 프로커스 전대
백작으로 칭했다. 뭔지는 모르지만 아주 심각한 일이 벌어졌
다는 뜻으로 해석할 수 있었다.

'아! 설마……'

동시에 세이나의 머릿속을 스치는 생각.

"혹시 그 써클루스라는 놈들?"

리카이엔이 무거운 표정으로 고개를 끄덕였다.

"집에 큰 일이 벌어질 것 같으니, 니가 먼저 가서 준비를 좀
해야겠다."

"그, 그래!"

긴장된 얼굴로 고개를 끄덕이는 세이나를 향해 리카이엔이
드물게도 부드러운 표정으로 타이르듯 말했다.

"일전에 말했지? 내가 없을 때 부모님을 지킬 수 있는 사람
은 너밖에 없다고."

"응!"

Chapter 9.

장수의 도리

"괜찮으냐?"

리카이엔의 물음에 페르온이 굳은 표정으로 고개를 끄덕였다.

"예, 괜찮습니다."

주저 없이 대답하는 페르온의 모습에 리카이엔이 만족스러운 미소를 지었다. 페르그란데 산맥으로 보내기 전까지도 남아 있던 그 소심한 성격이 상당히 옅어졌다는 것을 단번에 알수 있었기 때문이다.

'이래서 빡세게 굴려야 된다니까.'

하지만 그것도 잠시, 이내 굳은 표정으로 말했다.

"부상이 심각하다고 들었는데?"

"겔드론의 상태가 심각합니다."

겔드론은 거의 사경을 헤매고 있는 상황이었다. 써클루스에

끌려가 모진 고문을 당한데다 그 몸 상태로 페르그란데 산맥의 험한 환경을 질러온 탓이다.

"으음… 치료는?"

"너무 심한 상태라 수도로 들어오지는 못하고, 수도 인근 마을의 여관에서 치료를 받고 있습니다."

"너는?"

"저는 괜찮습니다."

페르온이 애써 어깨를 펴며 말했다. 하지만 사실 페르온의 상태도 그리 좋지가 않았다.

혼자서 써클루스의 근거지로 쳐들어가 잡혀 있던 동료들을 구하는 일은 목숨을 걸어야 하는 일이었다. 그 와중에 온몸에 부상을 입었고, 그중에는 조금만 잘못했으면 바로 즉사했을지도 모를 심각한 부상도 있었다.

그런 페르온의 모습에 리카이엔은 더 이상 그를 걱정할 필요가 없다고 생각했다.

'이런 중요한 때에 고마운 일이군.'

현재 영지는 거의 텅텅 비어 있는 것이나 마찬가지였다. 기사들이 남아 있기는 하지만 그들을 통솔할 기사단장 안톤이 부재중이었다.

그런 상황에서 써클루스 놈들이 일을 꾸민다면 속수무책으로 당할 수도 있었다. 그런 때에 페르온이 이렇게 성장한 모습으로 돌아왔으니 참으로 다행스러운 일이 아닐 수 없었다.

리카이엔은 속으로 그렇게 생각하며 조금 더 목소리를 낮춰 말했다.

"애들 있는 곳으로 가서 치료부터 마무리해라. 완전히 낫거든 곧장 영지로 돌아가."

"예."

"돌아가면 세이나가 영주 대행을 하고 있을 것이다. 너도 돌아가면 기사단 단장 대행을 맡도록."

"알겠습니다!"

주저 없이 대답하는 페르온의 모습에 리카이엔이 빙긋이 미소를 지었다. 그가 확실히 성장했다는 것을 단적으로 보여 주는 모습이기 때문이다.

"그럼 저는 이만……."

"아아, 잠깐."

자리에서 일어서려는 페르온을 향해 리카이엔이 가볍게 손짓을 해 다시 앉혔다. 그리고 품에서 편지를 한 통 꺼내 페르온을 향해 내밀며 말했다.

"이 편지에 적힌 곳으로 잭과 그의 조원들을 보내라. 엘리샤와 볼프가 기다리고 있을 테니 만나서 그들을 데리고 그론스트 백작령의 카벤테스 포구로 오라고 해라."

엘리샤로부터 서신이 날아든 것은 어제였다. 누군가를 만났는데 엘리샤로서는 아군 세력으로 영입을 할지 판단을 하기가 어려워 리카이엔이 직접 만나 주었으면 한다는 내용이었다.

편지를 읽은 리카이엔은 바로 편지를 보내려 했다. 이런 때에 애매한 사람이라면 그냥 빼는 것이 좋다는 말을 하려고 했다. 그러다 생각이 난 것이, 엘리샤가 이렇게 말을 할 정도라면 보통 인물은 아닐 것이라는 생각이 들었다. 그렇다면 우선은 만나 보는 것도 나쁘지 않을 터.

하지만 이곳에서 기다리는 것은 힘들었다. 내일 아침 일찍 도번 후작과 아네스를 데리고 그론스트 백작령으로 출발해야 하기 때문이다. 거기에 더해 써클루스가 이쪽을 주시하고 있다는 것을 알고 있는 이상, 누군가 한 사람을 만나기 위해 미적거릴 수 없기 때문이다.

그렇다고 엘리샤와 볼프 두 사람에게만 데리고 오라고 하기도 애매했다. 그 정도의 인물이라면 최대한 은밀하게 움직이는 동시에 철저한 호위도 필요하기 때문이다.

그래서 선택한 사람이 잭이었다. 톰과는 달리 의외의 섬세함을 보이기 때문에 이런 일을 잘 처리할 수 있으리라 생각한 것이다.

"알겠습니다!"

페르온이 편지를 품 안에 갈무리하며 대답했다.

§   §   §

"왜 그러나?"

커다란 마차 안, 도번 후작이 마주 앉은 리카이엔을 향해 물었다. 아까부터 리카이엔이 묘한 눈빛으로 자신을 한 번씩 바라보곤 했기 때문이다.

"이렇게 단출하게 움직이셔도 되겠습니까?"

카이스에게 도번 후작과 아네스의 에스코트를 부탁받은 리카이엔은 믿을 수 있는 용병들을 고용해 호위로 쓰려고 했다. 자신이야 혼자서 움직여도 괜찮지만, 도번 후작이나 아네스는 뭔가 일이 생겼을 때 스스로 자신을 지킬 만한 힘이 없기 때문이다. 리카이엔이 호위의 역할도 하는 것이기는 했지만 한 손으로 여러 손을 막다 보면 틈이 생길 수도 있기 때문이다.

그런데 도번 후작이 그것을 거부했다. 그냥 단출하게 움직이자는 것이다.

도번 후작이 희미한 미소를 지으며 말했다.

"예전에는 어떨지 몰라도 지금은 누구도 관심을 가지지 않는 늙은이일세. 괜히 호위들이 여럿 있으면 번거롭기만 할 뿐이야."

리카이엔이 묘한 미소를 지으며 고개를 끄덕였다. 도번 후작의 말에 여러 가지 뜻이 담겨 있기 때문이었다.

몇 달 전까지만 해도 도번 후작이 움직이면 그 주위에는 왕실 근위대가 호위로 붙었다. 국왕이 도번 후작을 위해 왕실 근위대를 보내 주었던 것이다.

하지만 이번에 도번 후작이 움직일 때는 호위는커녕 그에 대한 아무런 말도 하지 않았다. 도번 후작과 국왕의 사이가 소원해졌다는 것을 알려 주는 사건이었다.

사실 예전까지만 해도 도번 후작은 의외로 많은 사람들의 표적이 되었다. 국왕의 고문으로 항상 바른 말만 하다 보니, 당연히 많은 정적이 생길 수밖에 없었고 그로 인해 호위가 반드시 필요했던 것이다.

하지만 도번 후작이 국왕과 소원해진 이상, 그는 국왕에게 바른말을 해 정적들의 심기를 거스를 일이 없어졌다. 당연히 위험도 그만큼 줄었으니 해칠 필요도 없어진 것이다.

도번 후작은 그러한 내용을 가볍게 돌려 말한 것이다.

리카이엔이 조심스럽게 물었다.

"지금은 관심에서 멀어진 정도로 끝나겠지만, 몇 년이 지난 후에는 커다란 위험이 닥칠 수도 있습니다."

도번 후작과 국왕의 사이가 틀어진 이유는, 바로 아네스의 결혼 때문이었다. 브레튼 왕자는 물론 국왕 역시 아네스가 왕가의 사람이 되기를 원했다. 그런데 도번 후작은 그런 국왕의 말을 무시하고, 아네스를 카이스와 결혼시킨 것이다.

감정의 앙금이 생길 수밖에 없는 일이었고, 그것이 결국 권력에서 멀어진 이유가 된 것이다. 물론, 도번 후작이 국왕의 후광을 이용해 사리사욕을 채우고 권력을 휘두르는 위인은 아니었지만 말이다.

"어차피 살 만큼 살았네. 이제 와서 그런 걸 무서워 하기에는 너무 늦었지. 아네스야 내 손녀사위가 알아서 잘 지켜 줄 테니 걱정할 것이 없고. 거기에 내 손녀사위한테는 자네 같은 무서운 친구가 있으니 오히려 든든하네."

"과찬이십니다. 한데……."

리카이엔이 은근한 목소리로 화제를 돌렸다.

"특별히 할 말이 있는가?"

"저는 도번 공의 인품을 존경합니다."

마차 안에는 아네스도 함께 타고 있음에도 불구하고, 리카이엔은 당사자도 어색해 할 말을 아무렇지도 않게 꺼냈다.

"허허, 이 사람 그렇게 안 봤는데 말을 참 달게도 하는군."

"달게 말하는 것이 아니라 진심입니다."

"이제 와서 나한테 잘 보일 이유는 없지 않은가? 그보다는 프로커스 경이 그런 낯간지러운 말을 잘 하는 사람은 아닌 걸로 아는데?"

진지한 표정으로 말하는 리카이엔의 모습에 도번 후작 또한 웃음기를 거두었다.

리카이엔이 희미하게 고개를 끄덕이며 말을 이어 갔다.

"도번 공을 처음 뵌 날, 저는 참으로 무서운 분이라고 느꼈습니다."

두 사람의 대화에 끼어들 수가 없어 일부러 창밖으로 시선을 던지고 있던 아네스가 참지 못하고 힐끗 리카이엔을 보았다. 갑자기 왜 이런 이야기를 꺼내는지 대단히 궁금했다.

"허허, 내 평생 누구에게 고함 한 번 지르지 않은 사람일세. 그런데도 무서웠던가?"

"그렇습니다. 원래 항상 웃는 분이 더 무서운 법이거든요."

"흐음, 그렇다고 치세. 그래서 갑자기 그 말을 꺼내는 이유가 뭔가?"

"가까운 시일에 도번 공께 부탁드릴 일이 있기 때문입니다."

"부탁이라… 자네 같은 사람이 이런 방식으로 부탁하겠다고 말하니 이거 괜히 무섭구만."

"그럴지도 모르는 일입니다."

도번 후작의 깊은 눈빛이 예리하게 변해 리카이엔의 전신을 훑었다. 하지만 과연 무얼 숨기고 있기에 이렇게 뜬금없으면서도 긴장된 이야기를 하는지 짐작이 가지 않았다.

"미리 말해 줄 생각은 없는가?"

"그러고 싶은 마음은 굴뚝같지만 아직은 때가 아니라 꺼내기가 힘듭니다."

리카이엔은 써클루스와의 싸움을 준비할 무렵부터 도번 후작에 대해 생각하고 있었다.

그는 지금 엘리샤를 보내 은밀하게 세력을 모으고 있었다. 가끔 서신으로 전해 오는 엘리샤의 보고서를 보면 꽤 결과가 좋은 편이었다.

하지만 세력을 모으더라도 한 가지 문제가 있었다. 그 세력들의 중심에 설 사람, 정확하게는 정신적인 구심점 역할을 해 줄 사람이 없다는 것이다. 리카이엔이 세력을 모으고 있기는 하지만, 자신은 힘의 구심점이 되는 것은 가능했지만 정신적 인 구심점이 되기에는 스스로 부족하다는 걸 잘 알고 있었다.

국가 간의 전쟁이 아닌, 이런 광범위하면서도 모호한 싸움 에서 정신적으로 기댈 수 있는 존재라는 것은 아주 중요했다. 그래서 염두에 둔 사람이 도번 후작이었다.

대륙에 있는 대부분의 귀족들은, 다른 왕국의 정세에도 어 느 정도 관심을 가질 수밖에 없다. 그렇기에 한때 오랫동안 브 렌 국왕의 고문이었던 도번 후작은 담백하면서도 소신 있고, 사리사욕을 부리지 않으며 항상 바른말만 하는 인물 알려져 있었다.

브렌 왕국 안에서야 정적이 있을지도 모르지만 대륙 전체에 서 볼 때는 여러모로 존경받는 사람. 리카이엔이 바라는 정신 적 구심점으로 손색이 없는 인물이었다.

원래는 좀 더 많은 준비를 한 후에 만나서 이야기를 할 생각 이었지만, 편지를 보낸 자의 농간으로 일이 급하게 돌아가고 있었다. 그래서 기회가 생긴 김에 일단 운을 띄워 놓은 것이 다.

"흐음, 무슨 일인지도 모르고 답을 해 주지는 못하겠네. 하 지만 나중에 이야기를 듣게 되면 충분히 귀담아 듣고 결정을 하겠네. 지금으로서는 내가 해 줄 수 있는 대답은 이것밖에 없을 것 같구만."

리카이엔이 당연하다는 듯 고개를 끄덕였다.

"그 정도만으로도 충분합니다. 오히려 제가 감사를 드려야지요."

§　　　§　　　§

"오셨습니까!"

카이스가 그 커다란 덩치에 어울리지 않게 잔뜩 긴장한 얼굴로 도번 후작을 맞이했다.

"허허, 자네가 이런 식으로 긴장하는 건 처음보는구만."

도번 후작이 편안한 웃음을 지으며 카이스의 어깨를 두드렸다. 그리고는 조금은 짓궂은 표정으로 말했다.

"이 늙은이보다 더 보고 싶은 사람이 있을 텐데 여기서 뭐하는 겐가?"

"네?"

"눈치 보지 말고 어서 가 보게."

"하하하하, 알겠습니다!"

카이스가 쑥스러운 표정으로 뒤통수를 긁적이면서도 냉큼 고개를 꾸벅인 후 아네스를 향해 달려가며 큰소리로 외쳤다.

"아네스!"

성큼성큼 달려간 카이스가 아네스를 덥석 안아 들었다.

"카, 카이스!"

당황한 아네스가 어쩔 줄 몰라 빨개진 얼굴로 주변을 살피더니, 이내 카이스의 목을 끌어안고 품에 얼굴을 묻었다.

그리고 작은 목소리로 자신들만의 이야기를 속삭이기 시작했다.

"쯧!"

아네스와 조금 떨어져 서 있던 리카이엔이 그 모습을 보고는 저도 모르게 혀를 찼다. 하지만 그러거나 말거나 카이스는 아네스와 밀어를 속삭이는 데만 정신이 팔려 있었다.

못마땅한 표정으로 한참 동안 카이스를 노려보던 리카이엔이 결국 포기하고는 도번 후작에게 다가갔다. 그리고 농담처럼 말을 건넸다.

"제가 아는 녀석 중에 제대로 푼수에 팔불출이 하나 있는데, 오늘 한 명이 더 늘어난 것 같습니다."

"허허, 그런가?"

"괜찮으시겠습니까? 저런 푼수한테 손녀따님을 맡기셔도?"

"어쩌겠는가? 이제 데리고 갈 사람이 없으니……."

"그것도 그렇군요."

그 사이 겨우 이야기를 마친 카이스가 리카이엔을 향해 다가왔다.

"왔냐?"

"난 웬 곰이 아네스 양을 덮치는 줄 알고 깜짝 놀랐는데……. 그게 너였구나."

"이, 이… 곰이라고 하지 말라니까."

하지만 리카이엔은 물러서지 않았다. 곧장 카이스에게서 시선을 돌려 아네스를 향해 말했다.

"아네스 양, 조심하십시오. 저 곰이 지금은 순해 보여도 언제 흉포하게 변할지 모릅니다."

하지만 아네스의 입에서 나온 대답에 리카이엔의 얼굴이 아주 드물게도 멍청하게 변했다.

"호호, 저렇게 귀여운 곰도 있나요?"

"허!"

멍한 얼굴로 신음을 토해 낸 리카이엔이 말할 기력도 없다는 얼굴로 힘겹게 입을 열었다.

"두 사람은 아마 천생연분인 거 같습니다."

"호호, 칭찬으로 듣겠어요."

"그, 그러십시오."

아네스의 칭찬에 뭐가 그리 좋은지 싱글벙글한 표정으로 서 있던 카이스가 도번 후작을 향해 말했다.

"방을 준비해 놓았습니다. 제가 안내를 하겠습니다."

그리고는 리카이엔에게도 말했다.

"집사가 방을 줄 거다."

리카이엔이 한쪽 입꼬리를 잔뜩 말아 올리며 카이스를 노려보았다.

"이 자식!"

하지만 카이스는 조금의 흔들림도 없었다.

"기다리고 있어라. 조금 있다가 갈 테니."

"크흐흐, 그래라."

카이스의 얼굴이 심각하게 변했다. 리카이엔이 받았던 편지의 내용을 들었기 때문이다.

"그럼 우리 영지도 위험할 수 있다는 말이냐?"

"아무래도 그렇지."

"으음……."

"어지간하면 결혼을 조금 미루는 게 어떻겠냐?"

하지만 카이스는 재고의 여지도 없다는 듯 단호하게 고개를 저었다.

"그럴수록 더욱 서둘러야지. 어차피 너와 나를 캐기 시작하면 아네스와 도번 후작님 또한 위험해질 수도 있다. 차라리 곁에 두고 지키는 게 더 안전하다."

"그것도 그렇기는 하지. 아무튼 우리 계획을 생각보다 빨리 실행해야 될 것 같다."

리카이엔의 말에 카이스가 팔짱을 낀 채 고민스러운 표정을 지었다.

"빨리 실행을 하기는 하더라도 이렇게 급하게 하는 건 무리가 있지 않겠냐?"

"위험해지는 것보다는 나을 거라고 생각한다."

"흐음……."

카이스는 쉬이 대답을 하지 못한 채 무거운 표정으로 눈을 감았다.

그때였다.

"누구냐!"

갑자기 리카이엔이 창문쪽으로 몸을 날리며 버럭 소리를 질렀다. 그때 갑자기 두 사람이 아닌 다른 누군가의 목소리가 들려왔다.

"어이, 나만 빼놓기냐?"

그 말에 리카이엔이 이미 알고 있었다는 듯 시큰둥한 목소리로 말했다.

"왔으면 들어오지 왜 밖에서 기웃거리냐?"

"쳇!"

김샜다는 듯 콧소리를 내며 창문을 열고 들어오는 사람은 조엘이었다. 조엘이 자리에 앉기도 전에 이야기를 먼저 시작했다.

"그나저나 일이 심상치가 않다."

"응?"

"써클루스 놈들이 대대적으로 움직이고 있다."

"그게 무슨 소리냐?"

"말 그대로다. 이번에 그놈들이 제국 안쪽으로 근거지를 옮

졌잖아. 거길 주시하고 있는데, 뭉텅뭉텅 인간들이 빠져나오 더라고. 그런데 그렇게 빠져나온 것들이 죄다 브렌 왕국으로 오고 있다."

리카이엔이 미간에 잔뜩 주름을 잡으며 중얼거렸다.

"생각보다 성질이 급한 건가? 아니면, 이미 알아 낼 걸 다 알아 냈다는 건가?"

"며칠이나 됐다고 벌써 다 알아 내?"

"그럼 성질머리가 더럽다는 말인데……."

"아마도 자기를 건드리면 앞뒤 안 가리고 바로 죽여 버리는 놈인 모양이다."

"쯧, 성가신 놈이랑 부딪치게 생겼군."

생각을 많이 하고 신중한 자를 상대하는 것은 상당히 어려 운 일이었다. 하지만 그보다 더 어려운 것이 힘도 세면서 물불 안 가리고 달려드는 놈을 상대하는 것이다.

리카이엔이 카이스에게 시선을 던지며 물었다.

"어떡할 거냐?"

"흐음……."

여전히 대답은 하지 않은 채 한참을 고민하던 카이스가 결 국 힘겹게 고개를 끄덕였다.

"어쩔 수 없지. 알았다."

"잘 생각했다."

리카이엔이 고개를 끄덕이는 사이, 조엘이 벌떡 일어나며 말했다.

"뭐, 너무 빨리 결정이 나서 허전한 감은 있지만, 이왕 할 거면 빨리 하는 게 낫겠지. 그럼 나부터 움직이마."

§   §   §

어둠이 짙게 깔린 카벤테스 포구.

포구 안쪽은 선원들과 여행객들을 상대하기 위한 향락가가 조성되어 있어 불야성을 이루지만, 배들이 정박해 있는 포구 쪽은 군데군데 갑판 위에 불이 밝혀져 있을 뿐 꽤 고요하고 적막했다. 멀리서 들려오는 안쪽의 향락가에 소란스러운 소리마이 아득하게 들려올 뿐이었다.

그렇게 줄줄이 떠 있는 배들 중 가장 상류 쪽에 한 척의 상선이 정박해 있었다. 그 상선의 갑판 위로 그림자 하나가 조용히 내려앉았다. 그리고 구조를 훤히 알고 있는 듯 거침없이 걸음을 옮겨 갑판 아래로 향하는 계단으로 내려갔다.

갑판 아래로 내려온 그림자가 위쪽과 통하는 문을 닫자마자 안에서 불이 밝혀졌다.

"오셨습니까?"

냉큼 인사를 건네는 이는 볼프였다. 그리고 그의 인사를 받은 사람은 바로 리카이엔이었다.

"오느라 수고가 많았다."

그 사이 볼프 뒤에 있던 아담한 체구의 여자, 엘리샤가 다가
와 말했다.

"뭔가 분위기가 안 좋은 모양이던데 괜찮나요?"

"괜찮지는 않지. 그래도 너무 신경 쓰지 말고 하던 일을 계
속 하도록 해. 그나저나 만나야 할 사람은?"

"안에서 기다리고 있어요. 따라오세요."

엘리샤를 따라 갑판 아래에 만들어져 있는 작은 방으로 들
어간 리카이엔의 눈에 한 남자가 들어왔다. 나이는 50대로 보
였지만, 떡 벌어진 어깨와 탄탄한 근육이 어지간한 젊은이들
못지않았다.

다만 한 가지 눈에 띄는 부분은 원래는 부리부리했을 두 눈
이 잔뜩 피곤에 절어 있다는 것이다.

"그대가 이번 일을 주도하고 있는 사람이오?"

먼저 이야기를 꺼내는 50대 사내의 말에 리카이엔이 고개
를 끄덕이며 맞은편에 앉았다.

"리카이엔 프로커스라고 합니다."

리카이엔의 말에 사내가 놀란 표정을 지어 보였다.

"이번 전쟁에서 가장 크게 이름을 날린 사람 중 한 명이구
려. 나는 헬바인 고르온이오."

이번에는 리카이엔이 놀란 표정을 지었다. 리카이엔과는 다
른 의미로, 이번 전쟁에서 크게 이름을 떨친 사람 중 한 명이
었기 때문이다.

리카이엔이 확인하듯 물었다.

"구 델로스 왕국의 세르오넨 요새의 그 고르온 공작이십니까?"

"그렇소이다."

고르온 공작이 한층 힘겨운 눈빛으로 고개를 끄덕였다. 그리고는 화제를 꺼냈다.

"듣기로는 이번에 준비하는 일이 있다고……."

하지만 리카이엔은 고르온 공작의 말이 채 끝나기도 전에 벌떡 자리에서 일어섰다.

"뭔가 착각하신 모양입니다."

"무, 무슨 말이오? 내 듣기로는 그대가 이번 전쟁에서 일어난 이상한 일과 관련하여 세력을 모으고 있다고 들었는데."

"맞습니다."

"나 역시 마찬가지요. 나도 독자적으로 이상한 사건들에 대해 조사를 하고 있었소. 그래서 힘을 보태고자……."

"그러니 잘못 찾아오셨다는 겁니다."

리카이엔은 정중하게 말하고는 있었지만 표정은 냉막하기 짝이 없었다.

"그게 무슨……."

"나는 아군을 버리고 사라져 버린 장수를 믿고 전장에 함께 설 만큼 멍청한 놈이 아니라는 말입니다."

"그, 그건……. 그때는 어쩔 수 없었소. 전쟁 자체가 음모에 휩싸여 있는 상태에서 전쟁을 계속한다는 건 무리였소."

고르온 공작이 간절한 표정으로 말했다.

"그건, 아군을 버린 어처구니없는 행동에 대한 이유가 될 수 없다고 생각합니다만?"

"내, 내 말을 좀 들어 주시오."

"아니오. 이야기를 다 들으면 제 입에서 절대 좋은 말이 나오지 않을 것 같으니 이쯤에서 멈추시는 게 좋을 것 같습니다만?"

"나를 욕해도 상관없소. 그러니 우선 들어 주시오."

고르온 공작이 간절한 표정으로 리카이엔에게 매달렸다. 그런 공작을 향해 리카이엔은 잔뜩 인상을 찡그리며 천천히 숨을 골랐다.

"좋습니다. 말씀하십시오. 하지만 그 결과는 공작님 본인의 책임입니다."

"알겠소. 세르오넨 요새를 공격하던 중 이상하다는 것을 느낀 나는 따로 이번 전쟁에 대해 조사를 시작했소. 그리고 한 가지 놀라운 사실을 알게 되었소. 델로스 왕궁으로 드나드는 자들이 있다는 사실과 그들이 다른 왕국의 왕궁에도 드나든다는 사실이었소. 그 말도 안 되는 브렌 왕국 침략에는 누군가의 음모가 깔려 있다는 결정적인 증거였지. 그래서……."

고르온 공작은 지친 표정으로 리카이엔에게 그때부터의 이야기를 풀어 놓았다.

전쟁의 의도 자체에 의문을 품은 고르온 공작은 이를 악문 채 떨어지지 않는 발걸음을 옮겼다. 누군가에 의해 이미 결론이 나 있는 전쟁에 자신의 군대를 희생시킬 수는 없다는 판단 때문이었다.

차라리 병력을 빼내 그 음모의 주체들을 찾아내는 것이 옳은 일이라고 판단한 것이다.

그렇게 자신의 군대 2개 사단 2만의 병력을 데리고 전장을 빠져나온 고르온 공작은 병력들을 쪼개 전쟁에 깊숙이 관여하고 있는 그 무언가에 대한 조사를 시작했다. 그리고 무려 5천의 병력들을 잃은 끝에 놈들에 대한 단서를 붙잡을 수 있었다.

하지만 그 사이 전쟁이 끝나 버렸고, 고르온 공작의 모국이던 델로스 왕국은 이미 왕조가 끝나 버린 후였다.

갈 곳이 없어진 고르온 공작은 아직 남아 있는 1만 5천의 병력들을 각지로 흩어지게 했다. 무리를 지어 다닐 수는 없는 일이기에 일단 따로 움직이게 한 후, 나중에 그들을 다시 불러 모으기 위해서였다.

그 후, 정처없이 이곳저곳을 떠돌던 고르온 공작이 도착한 곳은 과거 깊은 친분을 나누었던 제국의 한 귀족가였다. 같은 무장으로서 통하는 것이 많아 모시고 있는 주군과는 별개로 친구로 지내던 인물이었다. 그로니스 제국의 데르오닌 백작이었다.

그러던 어느 날, 고르온 공작은 데르오닌 백작에게 자신이 쫓는 비밀 집단과 싸우기 위해 세력을 모으는 자가 있다는 이야기를 듣게 되었다. 그렇게 해서 엘리샤를 소개받아 여기까지 오게 된 것이다.

"내 병력들은 언제라도 집결시킬 수 있소. 그들이 모인다면 충분히 그대에게 도움이 될 수 있을 거라 자부하오."

고르온 공작의 말에 리카이엔이 더욱 싸늘한 표정으로 말했다.

"그러니까 싸움에서 도망쳤다가 이제 와서 자기 명분을 만들려고 한 다리 걸쳐 보겠다는 거요?"

"그, 그런 게 아니오!"

"당신이 최소한의 명분이라도 얻으려면 적어도 그날 세르오넨 요새에서 사라져서는 안 되는 거였어. 차라리 후퇴를 해 방어를 했다면, 그 결과 패전을 해서 다시 후퇴를 하게 되더라도 적어도 자신의 본분을 어기지는 말았어야 했단 말이야."

"그 이유에 대해서는 이미 설명하지 않았소?"

"설명은 했지. 하지만 나는 이해가 안 되는데? 당신이 그렇게 해서 얻은 게 뭐야? 당신이 모시던 왕조는 망해 버렸고, 당신의 나라도 사라졌어. 충성심 따위를 논하는 게 아니야. 나역시 내 왕에게 충성심 따위는 없어. 하지만 그런 위급한 상황에서 등을 돌리지는 않을 거란 말이야!"

리카이엔의 입에서 더 이상 정중한 말투는 나오지 않았다. 하지만 고르온 공작은 그러한 사실도 인식하지 못한 채 간절한 표정으로 말했다.

"인정하오. 내 잘못을 인정해. 그러니 기회를 주시오. 내 왕조를 망하게 만든 그놈들과 싸울 수 있도록!"

"누차 말하지만 싫소. 충성심은 그렇다쳐도 자기 병력에 대한 책임감 조차 없는 장수를 내가 받아들여야 할 이유가 없소!"

"그게 무슨 말이오? 내 병력들은 지금 안전한 곳에서……."

"그래, 당신 병력들은 그렇지. 하지만 그 병사들의 가족들은? 그 사람들이 어떻게 되었는지 알고는 있소? 살았는지 죽었는지, 탈영병의 가족이라는 이유로 참수를 당하지는 않았는지. 관심이나 가져 보았소? 당신의 병력들이 과연 그런 건 조금도 신경 쓰지 않고 당신을 따르고 있을까?"

"보다 더 큰일을 위해서는 어쩔 수 없는 희생도 있는 법이 아니오?"

"지랄하네. 작은 것도 돌보지 못하는 인간이 큰 것을 논해? 꺼져! 더 이상 그 입을 열었다가는 지금 이 자리에서 내 손에 죽을 테니까!"

매몰찬 리카이엔의 말에 고르온 공작은 온몸을 부들부들 떨면서도 뭐라고 입을 열지 못했다. 그러다가 겨우 입을 열어 말을 했다.

"그, 그러면… 내 병력들이라도 데려가 주시오. 그대의 말처럼 내가 잘못한 거라면, 그건 어디까지나 내 잘못이지 병사들의 잘못은 아니지 않소."

"싫다. 그들은 끝까지 당신이 책임져야 할 사람들이야. 어물쩍 다른 사람에게 떠넘기려 수작 부리지마!"

끝까지 매몰차게 내뱉은 리카이엔이 더 이상 말을 하기도 싫다는 듯 거칠게 방문을 열고 밖으로 나섰다. 뒤에서는 고르온 공작이 힘없이 주저앉는 소리가 들렸지만 리카이엔은 뒤도 돌아보지 않았다.

리카이엔이 밖으로 나오자 바이론인 술법사 오벨드가 문 손잡이를 잡았다. 안에 있는 고르온 공작의 기억을 지우기 위해서였다.

하지만 리카이엔이 그를 저지했다.

"기억을 지우면 평생 자기 잘못을 모르고 살 인간이다. 그냥 놔둬라."

그 말에 리카이엔과 함께 밖으로 나온 엘리샤가 걱정스러운 표정으로 물었다.

"괜찮을까요? 잘못하면 우리 일이 알려질 수도 있어요."

"됐다. 그런 걸 말하고 다닐 수 있는 배짱도 없는 인간이다. 그냥 놔둬."

"예."

"그리고 저자를 소개해 준 사람이 누구라고?"

"그로니스 제국의 데르오닌 백작입니다."

"그의 기억을 지워 두도록."

"알았어요."

이야기를 하며 갑판 위로 올라온 리카이엔이 뒤따라온 엘리샤와 볼프, 오벨드를 향해 말했다.

"조만간 영지에 큰일이 벌어질 것이다."

"네? 큰일이라니요?"

"자세하게 이야기할 수 없다. 하지만 너희는 계속해서 하던 일을 해라. 영지에 무슨 일이 생겨도 신경쓰지 말고 자기 일을 하도록. 준비가 끝나면 아트룸 길드를 통해 연락을 줄 테니까."

"알겠습니다."

그때 갑판 아래로 통하는 계단이 열리며 누군가가 비틀거리는 걸음으로 올라왔다.

고르온 공작이었다.

원래도 좀 수척한 얼굴이었는데, 잠깐 사이에 한층 더 나이를 먹은 얼굴이 된 고르온 공작이 리카이엔을 향해 말했다.

"내 잘못을 알려 주어 고맙소."

하지만 리카이엔은 그것조차 받아 주지 않았다.

"당신한테 그런 이야기 듣고 싶지 않으니 어서 꺼져!"

상당히 거칠게 말을 했지만, 고르온 공작은 별다른 반박도 없이 천천히 고개를 끄덕였다. 그리고 여전히 비틀거리는 걸음으로 포구를 향해 걸어갔다.

잠시 그 뒷모습을 지켜보던 리카이엔이 나지막이 말했다.

"그래도 완전히 쓰레기는 아닌 모양이군."

"네?"

옆에 있던 엘리샤가 고개를 갸웃거리며 물었지만 리카이엔은 고개를 저으며 말했다.

"아무것도 아니야. 어쨌든 내 말을 명심하도록 하고, 잭은 바로 영지로 돌려보내라."

"알겠습니다!"

씩씩하게 대답하는 볼프를 잠시 훑어보던 리카이엔이 희미한 미소를 지으며 말했다.

"그러고 보니 이번에 페르온이 꽤 훌륭해졌어."

"네? 그게 무슨 말씀이십니까?"

리카이엔은 이번에도 그에 물음에 대한 대답을 하지 않았다. 그 대신 다른 이야기를 꺼냈다.

"페르온이 지금 단장 대행을 하고 있다."

"헉! 진짭니까?"

볼프가 믿을 수 없다는 얼굴로 되물었다. 안톤이 자리를 비워도 절대 대행을 세우지 않던 리카이엔이었다. 그런데 페르온을 단장 대행으로 앉히다니.

"페르그란데 산맥에 갔다 오더니 완전히 다른 사람이 됐더라고. 이제 우물쭈물하는 버릇이 완전히 없어졌어. 충분히 믿고 일을 맡길 정도가 됐더라고."

"그, 그럴수가!"

볼프가 믿을 수 없다는 표정으로 외쳤지만, 리카인엔은 더 이상 그 일에 대해서는 말을 하지 않았다.

"그럼 수고해라. 내 말 명심하고."

가볍게 인사를 마친 리카이엔이 훌쩍 몸을 날렸다.

Chapter 10.

개전

"네놈들 도대체 정체가 뭐냐!"

크리츠의 입에서 노성이 터져 나왔다. 하지만 대답은 돌아오지 않았다. 크리츠의 목소리만이 공허하게 메아리 칠 뿐이었다.

퍼억!

분을 참지 못한 크리츠가 주먹으로 벽을 후려쳤지만, 그 역시 손등이 까지고 피범벅으로 변할 뿐 공허하기는 마찬가지다.

"크으윽!"

지금 크리츠가 앉아 있는 곳은 밤낮을 구분할 수 없는 깊은 동굴 속, 그 안에 만들어져 있는 좁은 감옥이었다. 정확하게는 움푹 파여 있는 벽의 입구에 쇠창살을 박아 나오지 못하게 만들어 놓은 곳이다.

지키는 사람도 없다. 하루 중 사람을 구경할 수 있는 시간은 마른 빵과 멀건 스프, 그리고 물 한잔을 식사랍시고 가져다 줄 때뿐이다.

소리를 지르면 그저 자신의 목소리만이 동굴 안에서 울려 퍼질 뿐이었다.

놈들의 정체도 알 수가 없었다.

얼굴에 검은색 복면을 뒤집어쓰고 있는데다, 말 한마디하지 않으니 도통 알 수가 없다.

이곳에 갇힌 지 며칠이나 지났는지도 알 수가 없었다. 처음 에는 정보대의 조장이기 이전에 정보대원으로서 몸에 익히고 있는 시간 감각으로 시간을 가늠할 수 있었다.

하지만 그것이 며칠이나 반복되고, 깨어 있는 시간과 잠들어 있는 시간이 점점 불규칙하게 바뀌면서부터 시간을 알 수가 없었다.

고의적으로 그러는 것인지 식사를 가져다 주는 시간도 불규칙적이고, 가끔은 그 식사를 먹으면 잠이 쏟아지는 경우도 있었다.

대화라는 것을 해본 지가 얼마나 되었을까? 시간을 가늠할 방법은 없어졌지만, 느낌만으로는 한 달 정도 된 것 같았다.

"제길!"

크리츠가 눈썹을 씰룩이며 이를 악물었다.

머릿속에 떠오르는 것은 언제나 같은 의문이다. 도대체 저 놈들은 무얼 하는 놈들이란 말인가?

차라리 심문이라도 허 줬으면 하는 생각이 들 정도였다. 하지만 놈들은 아무것도 하지 않았다. 말도 걸지 않고 지키지도 않는다. 그저 가둬 놓고 내킬 때 식사를 가져다 줄 뿐이다.

물론 아무것도 하지 않고 멍하니 시간만 보낸 것은 아니었다. 탈출하기 위해, 놈들의 정체를 밝혀 내기 위해 안 해 본 것이 없었다. 별의별 짓을 다 해 봤지만 놈들에게는 아무것도 통하지 않았다.

그리고 이제는 이러다 정말 미쳐 버릴 것 같다는 두려움도 가끔 몰려왔다.

크리츠는 크게 심호흡을 하며 생각을 정리했다.

이제는 언제인지도 알 수 없는 그때, 크리츠는 조원들과 함께 갑자기 자취를 감추는 용병대를 추적해 브렌 왕국 중부에 있는 로크레인 산까지 도착했다.

그리고 겨우 찾아낸 희미한 흔적. 끈질기게 그것을 추적하던 크리츠와 조원들은 여러 갈래로 갈라진 흔적을 쫓기 위해 흩어져 움직일 수밖에 없었다.

그것이 위험한 일이고 좋지 않은 판단이라는 것을 잘 알고 있었지만, 당시로서는 어쩔 수가 없었다. 어느 것도 확신할 수 있는 것이 없었기 때문이다.

그렇다고 조원들과 하나씩 차례대로 추적을 하기도 힘들었다. 흔적들이 너무 멀리까지 퍼져 있어 허비하는 시간이 너무 많았던 탓이다.

그리고 그것이 바로 결정적인 실수였다. 그로 인해 동떨어져 있다가 결국 이렇게 사로잡히게 된 것이 아닌가. 아무리 많은 시간이 걸려도 다 함께 다녔어야 했다.

'다른 녀석들은 어떻게 됐을까? 홀벤은? 제이슨은?'

크리츠는 머릿속으로 조원들을 떠올리며 자신의 뼈아픈 실수에 이를 악물었다.

그때였다.

저벅, 저벅.

누군가 이쪽으로 다가오는 소리가 들렸다. 방금 식사를 가져다주었으니 또 먹을 걸 주러 왔을 리가 없다.

'드디어 뭔가를 하겠다는 건가?'

크리츠가 눈을 번쩍 빛내며 재빨리 호흡을 정리했다. 일단 저쪽에서 변화를 만들었으니 이쪽도 당연히 변화가 생길 것이고, 그 변화가 크리츠에게 어떤 기회를 줄지도 모를 일이기 때문이다.

그리고 쇠창살을 사이에 둔 채 복면을 쓴 한 사내가 크리츠 앞에 섰다.

"지내는데 불편하지는 않소이까?"

정중한 말투로 묻는 사내를 향해 크리츠는 입을 꾹 다물었다. 그저 날카로운 눈으로 복면에서 드러난 사내의 두 눈을 노려볼 뿐이다.

"이야기하기가 싫은 모양이오?"

크리츠는 여전히 대답을 하지 않았다. 그리고 복면의 사내 역시 더 이상 입을 열지 않았다.

꽤나 긴 정적.

'만만한 놈이 아니군.'

크리츠는 일단 상황을 있는 그대로 받아들이기로 마음먹었다. 지금 상황에서 말을 하지 않고 버텨 봐야 손해를 보는 사람은 자신이라는 걸. 이야기를 해야만 조금이라도 놈들에 대한 단서를 얻을 수 있고, 그렇지 않다면 자신은 기회를 잡을 수 없다는 것을 인정했다.

"누구냐?"

크리츠의 말에 입을 꾹 닫고 있던 복면인이 대답했다.

"그걸 말해 줄 생각이라면 복면을 쓰지도 않았을 거라 생각하지 않소? 조금이라도 대답할 여지가 있는 질문을 해 보는 게 좋을 것 같소만?"

복면인의 말이 맞다. 한참을 고민하던 크리츠가 다시 질문을 던졌다.

"나를 여기에 가둬 놓은 이유가 뭐냐? 나에게 뭔가 목적이 있는 것 같지는 않은데?"

"정확하오. 우리는 당신에게 아무것도 원하는 게 없소."

"그럼 왜? 차라리 죽이는 게 편하지 않나? 이렇게 먹을 걸 가져다 주는 것도 귀찮을 텐데?"

소리가 잘 울리는 동굴의 특성을 생각하고는 숨죽인 채 혹시나 어떤 소리가 들려오지 않을까 귀 기울인 적도 있었다. 하지만 들려오는 소리는 없었다. 그렇다는 말은, 자신이 갇혀 있는 이곳과 놈들이 있는 곳은 전혀 다른 공간이라는 뜻이다.

식사를 가지고 올 때 들리는 발소리도 상당히 먼 곳에서부터 시작되었다.

크리츠의 생각으로는 목적도 없이 이렇게 귀찮은 일을 할 이유가 없는 것이다. 이놈들은 분명 무언가 목적을 가지고 있었다. 그래야 이렇게 귀찮은 일을 반복하는 이유가 설명되는 것이다.

"크크크큭!"

복면인의 나지막한 웃음소리가 텅 빈 동굴 속에 울려 퍼졌다. 그리고 그 메아리가 희미해질 쯤, 말을 이었다.

"아직까지 제정신인 걸 보니 만만하게 볼 사람은 아닌 모양이오."

"뭐라고?"

"크큭, 좀 더 시간이 지나야겠군. 제정신을 유지하고 있으면 우리가 원하는 걸 얻을 수 없으니까."

"그게 무슨……."

"고민하지 마시오. 어차피 계속해서 같은 일이 반복되면 당신은 서서히 미쳐 갈 수밖에 없을 테니까."

그 말을 끝으로 복면인은 천천히 어디론가 걸어가 버렸다.

'도대체 뭘 하는 놈들이지?'

크리츠가 미간에 잔뜩 주름잡았다. 그리고 불끈 주먹을 말아 쥐며 중얼거렸다.

"어쨌든 최대한 정신을 차리고 있을 수밖에 없는 건가."

놈들은 언제까지고 지금과 같은 일을 반복할 생각인 듯했다. 그러니 할 수 있는 것은 최대한 맑은 정신을 유지하며 탈출 방법을 모색하는 것이었다.

"후우!"

꽤나 먼 길을 걸어 나온 세르온이 뒤집어쓰고 있던 복면을 벗으며 숨을 몰아쉬었다.

그를 기다리고 있던 또 한 명의 사내, 바이즌이 궁금한 듯 물었다.

"어떻습니까?"

"모르겠군요. 좀 더 기다려볼 수밖에 없을 것 같습니다."

"정보대 조장이라는 자가 저렇게 멍청할 줄은 몰랐군요."

세르온은 프로커스 백작령의 기사였고, 바이즌은 아트룸 길드의 길드원이었다.

세르온이 어깨를 으쓱거리며 말했다.

"그보다는 갑작스러운 상황 때문에 미처 생각을 못한 것이겠지요."

"그렇다면 다행입니다만… 저자가 어서 탈출을 해야 우리도 이곳을 벗어날 수 있지 않겠습니까?"

바이즌이 지겨운 표정으로 말했다. 그것은 세르온 역시 같은 생각인지 크게 고개를 끄덕였다.

"그러게 말입니다."

대륙 각지에서 용병대들이 자취를 감춘 사건은 바로 리카이엔이 벌인 일이었다.

리카이엔과 안톤은 영지군 외에 비밀스럽게 병력을 키울 방법을 모색했었는데, 그중 하나가 바로 용병대였다. 프로커스 백작령의 기사들 중, 믿을 만하고 충성심이 강한 이들을 뽑은 후 그들을 용병대로 만든 것이다.

물론, 갑자기 사라진 이들에 대해 의문을 가지는 이들이 있었지만, 워낙 기사 훈련 자체가 힘든 탓에 포기하고 도망쳤다고 말하는 걸로 간단히 해결되었다.

그렇게 만들어진 용병대는 대략 2, 30명 씩 묶어 대륙 각지로 흩어졌다. 리카이엔은 그들에게 자금을 주어 용병들을 모집하고 훈련을 시켜 병력을 늘려 갔다. 물론, 모집되어 모인 용병들은 자신들이 어디에 속해 있는지 몰랐지만.

그리고 써클루스와의 전쟁에 대비해 각지에 흩어져 있던 병력들을 모으기 시작했다.

그 과정에서 누군가의 주목을 받는 것은 당연한 일이었고, 그것을 해결하기 위해 아트룸 길드의 길드원들과 함께 일을 꾸민 것이다.

사라진 용병대의 흔적을 쫓는 이들을 로크레인 산으로 유인한 후, 가짜 흔적으로 몇 겹이나 되는 덫을 파 놓았다. 그리고 그중 수장으로 보이는 자를 사로잡은 후, 약을 이용해 정신을 잃게 만든 후, 무려 두 개 주(州)나 멀리 떨어진 곳의 외딴 산 속 동굴에 가두었다.

문제는 그 다음이었다.

가둬 놓은 감옥 안에 빠져나갈 수 있는 방법을 마련해 놓았는데 크리츠가 그것을 발견하지 못하고 있는 것이다.

그 방법이란 쇠창살에 있었다. 쇠창살 중 하나를 아래위로 움직이는 유격이 크게 만들어 놓아서, 반복적으로 움직이면 뺄 수 있게 해 놓은 것이다.

탈출한 크리츠가 자신이 갇혀 있던 산을 기억하고, 다시 이쪽을 이 잡듯이 뒤지게 만드는 것이 최종 목적이었다. 정보대의 시선을 다른 곳에 붙잡아 두려는 것이다.

물론 아주 오래 갈 방법은 아니었다. 하지만 적어도 두세 달의 시간은 벌 수 있었고, 그 시간이면 리카이엔은 충분히 비밀 병력들을 이동시켜 놓을 수 있었다.

문제는 크리츠가 언제 쇠창살의 비밀을 깨닫고 탈출하는가에 달려 있었다.

§　　　§　　　§

카이스와 아네스의 결혼식은, 귀족의 결혼식이라고는 생각할 수 없을 정도로 조촐하게 치러졌다. 평소 주변 영주들과 딱히 친분을 쌓지 않은 카이스나, 국왕과 소원해진 후 만나는 사람이 극소수로 줄어든 도번 후작이다 보니 초대할 사람이 많지 않았던 것이다.

사람이 적다 보니 규모는 작아질 수밖에 없었고, 카이스와 도번 후작이 화려한 것을 즐기지도 않았기에 당연한 결과였다.

그런데 그 소박한 결혼식의 내면에는 카이스의 눈물이 숨겨져 있었다. 카이스가 화려한 걸 좋아하지 않는 것은 분명했다. 하지만 그는 사랑하는 아네스를 위해 세상에서 가장 성대한 결혼식을 하려고 했었다. 초대한 하객은 적었지만, 그론스트 성 전체를 꽃으로 장식하고 영지민들의 축복을 받으며 몇 날 며칠 동안 술과 음식을 풀어 축제를 열고 싶었다. 아네스에게 평생 잊지 못할 결혼식을 선물하고 싶었던 것이다.

하지만 갑작스러운 일로 인해 카이스는 그것들을 모두 포기할 수밖에 없었다.

바로 써클루스의 대대적인 움직임이었다.

놈들이 언제 무슨 짓을 저지를지 알 수 없는 상황에서 몇 날 며칠 동안 이어지는 축제를 벌일 수는 없었던 것이다. 조금이라도 일찍 결혼식을 끝내고 놈들의 움직임에 대비를 해야했다.

그나마 다행인 것은 아네스를 놀래 주기 위해 비밀스럽게 준비를 했다는 정도.

"큭!"

그 속사정을 알고 있는 리카이엔은 저도 모르게 터져 나오는 웃음을 억지로 집어 삼키고 있었다.

"이로써, 카이스 그론스트와 아네스 도번이 부부가 되었음을 선언합니다!"

짝짝짝짝!

주례를 맡은 신관의 외침과 동시에 결혼식에 참석한 하객들의 박수 소리가 울려 퍼졌다.

하객들을 향해 인사를 한 카이스와 아네스가 팔짱을 끼고 도번 후작을 향해 다가갔다.

도번 후작이 얼굴에 부드러운 미소를 지으며 말했다.

"아네스 이 녀석, 너무 좋아하는 것 아니냐?"

짐짓 섭섭하다는 표정을 지어 보였지만 아무리 억지로 표정을 바꿔도 입가에는 계속 미소가 떠올랐다.

아들 내외가 죽고 혼자 키운 손녀가 이렇게 훌륭한 청년과 결혼을 하게 되었으니 어깨에 얹혀 있던 무거운 짐을 내려놓은 기분이었다. 물론, 한편으로는 섭섭한 마음도 있기는 했다. 하지만 그보다는 기꺼운 마음이 더 컸다.

"감사해요, 할아버지."

아네스 역시 행복한 미소를 지으면서도 눈가가 촉촉하게 젖어 있었다. 감사한 마음과 함께 이제 할아버지가 혼자 지내야 한다는 생각에 죄송한 마음도 든 탓이다.

도번 후작이 고개를 끄덕이며 손녀딸의 머리를 가볍게 쓰다

듬었다. 그리고 그 옆에 있는 카이스를 향해 엄한 목소리로 말했다.

"내 손녀딸의 눈에서 눈물 한 방울이라도 흐르게 한다면 네 녀석을 가만두지 않을 것이다!"

그 말에 카이스가 비어 있는 다른 손으로 제 가슴을 탕탕 두드리며 말했다.

"맡겨 두십시오. 평생 받들어 모시며 손녀따님의 행복을 위해 살겠습니다!"

"허허, 어디 한 번 두고 보마. 언제까지 그렇게 할 수 있는지."

"저는 한 번 한 말은 반드시 지키는 놈입니다. 정말 평생 지켜 줄 것입니다."

"허허, 알았다. 믿어 보마."

그렇게 세 사람이 말을 주거니 받거니 하며 기분 좋은 웃음을 터트렸다. 다른 하객들에게도 인사를 하러 가야 했지만 묘한 아쉬움으로 계속 말이 길어졌다.

멀찍이 떨어져 발코니의 창에 기대 있던 리카이엔이 혼잣말을 하듯 중얼거렸다.

"저놈 입 찢어지겠다."

그러자 닫혀 있는 문 뒤에서 누군가 작은 목소리로 대답했다.

"저러고 하루 종일 웃으면 아마 한 달은 얼굴 근육이 안 펴질 거 같지 않나?"

조엘이 사람들과 섞이기 싫다며 닫힌 발코니에 숨어서 결혼식에 참석한 것이다.

"내 말이."

"어쨌든 이제부터가 진짜 시작이다. 카이스 녀석은 가족이 생겼으니 좀 더 힘들겠지만 뭐 자기가 그러겠다고 하니 어쩔 수 없겠지?"

조엘이 리카이엔의 동조를 구하며 물었다. 그런데 이상하게 대답이 없었다.

"야, 뭐해?"

궁금하게 여긴 조엘이 재차 물었다. 하지만 리카이엔은 여전히 대답하지 않은 채 팔짱을 끼고 긴 한숨을 내쉬었다.

조엘은 갑자기 리카이엔이 그러는 이유가 궁금했지만 대답을 재촉하지 않고 조용히 기다렸다.

그리고 잠시 후, 리카이엔이 무거운 목소리로 말했다.

"내가 괜한 짓을 했나?"

"뭐가?"

"그냥 무시하고 살아도 될지도 모르는데 말이다."

"너답지 않게 뭔 소리냐?"

"카이스 자식도 그렇지만 나도 이 일로 부모님이나 여동생이 위험해질 수도 있잖아. 그러지 말고 그냥 모른 척했으면 이렇게까지 일이 크게 벌어지지도 않고 가족이 위험에 처할 일도 없었을 텐데 말이다."

평소와는 다른 리카이엔의 모습에 조엘이 저도 모르게 피식 웃으며 물었다.

"너답지 않게 미안한 마음이라도 드냐?"

"조금은……."

"자식, 그런 생각은 진작 할 것이지."

"그렇기는 하다만……. 한편으로는 싸울 수밖에 없는 이유
도 있어서 말이다."

죽은 리카이엔과의 약속, 그것을 지키기 위해서는 이번 일
에서 물러나서는 안 되었다. 적어도 리카이엔의 신념 안에서
는 그러했다.

"크륵, 반성하는 리카이엔이라……. 의외로 재미있는데?"

조엘이 장난스럽게 말을 했지만, 리카이엔은 더 이상 말을
받아 주지 않았다.

잠시 리카이엔의 말을 기다리던 조엘이 고개를 설레설레 저
으며 말했다.

"미안해할 필요 없다."

"……."

"친구끼리 뭘 미안해하고 지랄이냐? 카이스 자식도 그게 걱
정이 됐으면 여기에 발 담그지도 않았을 거다. 저놈 성격에 싫
은 걸 억지로 했을 것 같으냐?"

그리고 또다시 정적이 흘렀다. 그러는 사이 도번 후작과의
이야기를 마친 카이스가 이쪽으로 걸어왔다.

환하게 웃으며 다가오는 카이스의 얼굴을 잠시 살펴보던 리

카이엔이 갑자기 기분 좋은 미소를 지으며 말했다.

"하긴, 네놈들이 내가 말한다고 억지로 뭘 할 놈들은 아니지."

"알고 있으니 다행이다."

조엘의 말이 끝나는 동시에 카이스가 리카이엔 앞에 도착했다.

"와 줘서 고맙다."

"지랄, 잘 살아라."

"알았다. 크흐흐흐!"

카이스는 오늘 하루종일 저렇게 웃을 생각인 모양이었다. 아네스도 리카이엔을 향해 인사를 건넸다.

"수도에서부터의 에스코트 감사드려요."

"별말씀을 다 하시는군요, 아네스 양. 아, 아니군요. 앞으로 자주 뵙게 될 것 같습니다, 그론스트 백작 부인. 아, 이것도 아니네요, 제수씨."

리카이엔이 짓궂은 표정으로 아네스에 대한 호칭을 바꿔 가며 장난을 쳤다. 하지만 아네스 역시 오늘은 무슨 일이 있어도 얼굴에 웃음이 사라지지는 않을 것 같았다.

"앞으로 잘 보이는 게 좋을 거다. 잘못 보이면 놀러 와서 제대로 얻어 먹지도 못할 테니까."

카이스가 아네스 대신 그렇게 말할 때였다.

"흡!"

갑자기 리카이엔의 표정이 돌변했다. 동시에 리카이엔 등

뒤의 발코니에서 다급한 외침이 터져 나왔다.

"야! 피해!"

하지만 조엘이 말을 꺼내기도 전에 리카이엔이 몸을 날리고 있었다.

퍼어어엉!

갑작스러운 폭음. 동시에 자욱하게 피어오르는 먼지.

"아아아악!"

"끄악!"

곳곳에서 터져 나오는 비명. 그리고 사방으로 흩뿌려지는 붉은 핏줄기.

잠시 후, 자욱하게 피어올랐던 먼지가 가라앉고 결혼식장의 광경이 눈에 들어왔다.

하객의 절반이 죽어 있었다. 피로 붉게 물든 벽은 별로 놀라운 일도 아니었다. 드문드문 사지가 잘리거나 몸 자체가 터져 나간 이들도 있었다.

리카이엔의 시선이 급히 도번 후작에게로 향했다. 다행스럽게도 재빨리 움직인 조엘이, 도번 후작을 보호하듯 온몸으로 가리고 있었다.

카이스와 아네스를 향해 날아든 공격을 막기 위해 자리를 뜰 수 없는 리카이엔 대신, 조엘이 나서 준 것이다.

그리고 완전히 먼지가 가라앉은 후, 리카이엔의 눈에 들어온 광경.

죽은 이들과 너무 놀라 벌벌 떨고 있는 사람들 주위로 둥근 원을 그리며 서 있는 바이론인들.

조엘이 리카이엔을 향해 외쳤다.

"젠장, 재수가 없으려니 이렇게도 없네!"

처음부터 결혼식을 덮칠 생각으로 준비를 하고 있었는지, 사람들을 포위하고 있는 바이론인들의 움직임은 상당히 조직적이었다.

"후우!"

짧게 호흡을 정돈한 리카이엔이 천천히 몸을 일으켰다. 그나마 다행인 건 카이스와 아네스, 도번 후작이 무사하다는 정도였다.

리카이엔이 폭발에 사방으로 터져 나갔던 것들 중 길다란 촛대를 집어 들었다.

그리고 포위망을 펼치고 있는 바이론인들을 향해 싸늘한 살기를 담아 외쳤다.

"이런 개씨부랄 놈의 새끼들! 오늘 다 뒈지는 줄 알아라!"

드디어 리카이엔과 서클루스의 전쟁이 시작되었다.

〈『철혈백작 리카이엔』 제8권에서 계속〉

철혈백작 리카이엔

1판 1쇄 찍음 2010년 9월 17일
1판 1쇄 펴냄 2010년 9월 27일

지은이 | 윤지겸
펴낸이 | 정 필
펴낸곳 | 도서출판 **뿔미디어**

기획 | 이주현, 한성재
편집책임 | 심재영
편집 | 장상수, 권지영, 조주영, 주종숙, 이진선
관리, 영업 | 김미영

출력 | 예컴
본문, 표지 인쇄 | 광문인쇄소
제본 | 성보제책사

출판등록 | 2002년 9월 11일 (제1081-1-132호)
주소 | 부천시 원미구 상3동 533-3 아트프라자 503호 (우)420-861
전화 | 032)651-6513 / 팩스 032)651-6094
E-mail | BBULMEDIA@paran.com
홈페이지 | www.bbulmedia.com

값 8,000원

ISBN 978-89-6359-635-8 04810
ISBN 978-89-6359-298-5 04810 (세트)